小雷因寺

张亦霆

上海文艺出版社

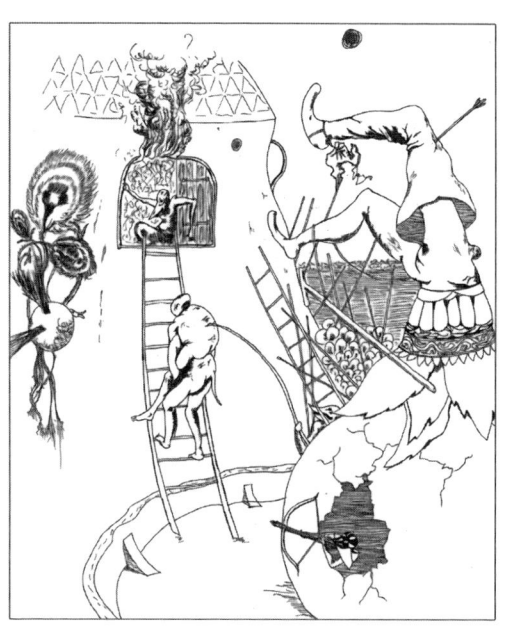

倒車入庫，然後搭乘玻璃飛机，一片透明飛向外國。但我現在仅三隻是戴着表爬行，秒針滴答，仿佛我要去的地方就在前頭，我聽到一個聲音說往前再往前，往左再往左，那是一個阿伯在給人指路，被指路的人卻看着我，仿佛那就是我的路。因為這條路上還有我一個人需要知道去哪兒，其他人不用想都早已知道。人人都有一個地方要去，還有兩個人去同一個地方的，一羣人一起去的，一個人去好几個地方的，人与人约好去网面人去的，在每個瞬間錢，也許真的會買他一把大寶劍，所以永遠別想這種話，以後不能隨便說。我不是開玩笑，別看我很隨便，其實我很認真。我還可以更認真一些，不過那沒甚麼必要。我覺得我應該表現出焦慮的一面，不過那也沒什麼，在這個似會相識的地方我還得如履深淵。這一次風往這一邊而不是那一邊吹着，但同樣高樓林之長夢多，月球冰涼，搖搖欲墜。我看看表，時間是夠用了。我有一塊表，這當然不在話下。

我也許還有一輛汽車，熟練駕駛，瀟灑拐彎，

重要：這也不重要有麼最不

要的又是什麼啊？老方丈聽了這種問題，就會倚着禪杖反問我：「你新來的？我剛要把嘴張開，腦門上就响起"当"的一聲！不錯，加油啊！

說完，他就飛也似地跑掉了，他去找第二號人物下棋，第二號人物頭上頂了一條毛巾，剛好擋住眼睛，這樣老方丈就看不出他下一步想怎樣，其實他哪有什麼下一步，他早就充毛巾底下睡着了。老方丈面對棋盤，又得意，又抓狂，詳盡的是難住了對手，抓狂的是對手遲遲不在大相國寺那邊，情況是這樣復雜，我隻好躲進廁所數我的錢。其實廁所裏也不太平，不過好在還有擋板，可以讓我安心地數錢。一五，一十，十五，二十，錢不多，但是怎樣才算多呢？在大相國寺那邊，錢并不是最重要的，最重要的是什麼，大家都心照不宣，就好像這個問題並不存在，而存在的問題又都不那麼

宁起有见如须弥山,
不取空见如芥子许。
——佛语

你永远不会知道墙那边是什么,
一旦你知道了,你就已经在墙这边了。
——《小雷因寺》

提略

在大相国寺那边	1
第二号人物归来	3
第二号人物离开	5
不可思议的事	7
失去记	10
穿墙记	13
凌微记	17
再回首	23
末日 V 机	33
插入篇	44
难忘的人和不想遇见的人	55
苍茫久	72
砍柴剧本 上	86
砍柴剧本 下	99
北京的金山上	116
后来史	136

如履深渊	144
再见大剩人	158
永远别想辉煌	166
小西天	185
永远别想辉煌补记	196
离去歌	200
后记	209

在大相国寺那边

在大相国寺那边,情况是这样复杂,我只好躲进厕所数我的钱。其实厕所里也不太平,不过好在还有挡板,可以让我安心地数钱。一五、一十、十五、二十,钱不多,但是怎样才算多呢?在大相国寺那边,钱并不是最重要的,最重要的是什么,大家都心照不宣,就好像这个问题并不存在,而存在的问题又都不那么重要:这也不重要,那也不重要,那么最不重要的又是什么啊?老方丈听了这种问题,就会倚着禅杖反问我:你新来的?我刚要把嘴张开,脑门上就响起"当"的一声:不错,加油啊!说完,他就飞也似的跑掉了,他去找第二号人物下棋,第二号人物头上顶了一块毛巾,刚好挡住眼睛,这样老方丈就看不出他下一步想怎样,其实他哪有什么下一步,他早就在毛巾底下睡着了。老方丈面对棋盘,又得意,又抓狂,得意的是难住了对手,抓狂的是对手迟迟不动,让他一阵好等。老方丈等到日上三竿,终于给他想起一条妙计来,那就是倚着禅杖假装睡觉……嘿嘿。两个人睡醒一觉，伸伸懒腰，下棋的事也就不重要了，接下来还有很多比下棋更不重要的事等着他们去干呢。但在那些事情当中，似乎还没有哪一件是最不重要的，在大相国寺那边，千万别打听最不重要的是什么，其实你也猜到了，在大相国寺那边，这个问题一点也不重要。

第二号人物归来

第二号人物永远不那么重要。一年中有十二次,他会离开我们,到另一些地方去。每次,大家都会说:咦,好久不见那谁了,他是不是不打算回来了。这句话里没有问号,说明没有什么人在向什么人询问一件什么事,但往往话音未落,第二号人物就会一步跨过大门,草帽布衣,闲庭信步,从那些人面前掠过。是的,现在你可以想象在另一些地方,状况也会差不多,也会有那样一些人,在一年中的某一个月份,他们望着眼前易逝的景物,一边忙着手上的事情,一边无聊地闲扯道,这人,肯定是回不来了,要回来我把这条扁担吃了。可是甭想,第二号人物马上就到,往往是那些家伙眼前易逝的景物未曾稍有改变,他已经打点行装,离开大相国寺,出现在他们面前。

第二号人物留着短短的胡须,既不年轻,也不年老,因为太年轻或是年老的话,那恐怕并不适合他。在大相国寺那边,风有几千几万种声音,雨有一百几十种声音,雪仅有一种声音,第二号人物没有声音。如果你扫地刚好扫到他面前,他就会乖乖地抬起脚。如果你夺掉他手中的饭碗,他就会放下筷子。如果你用刀去砍他的头,他就会消失不见。

当然,没有人想要伤害第二号人物。这还并不是一个充满了伤害的世界。这只是一个充满了假设的世界。真实的情况是,我在扫地的时候,一次也没有碰到过第二号人物。

第二号人物离开

四月是最残忍的季节,晚上没有月光,丁香花都开在暗处。第二号人物从梦中醒来,按下闹钟,钻出被窝,披衣下地,到外头小便,洗脸,咬烂去了皮的新柳枝刷牙。弄完了这些,他还要看看星相,直到脖子变酸,然后进屋打点行装:雨伞、拂尘、竹笛、宝剑和毛笔,烟草、酒壶、内裤、砍刀和棋盘,还有玉如意、指南针、苍蝇拍、风火轮,以及海泡石、龟苓膏、云雾茶、充气娃娃和九阴真经,这些东西都理得整整齐齐卷在一条花团锦簇的棉被里,他把棉被五花大绑,像魔方一样玩弄于股掌之间,这些东西都是他往返于大相国寺和其他所有地方时免费收集的必需品,至少看起来是这样。尽管也不是都必需。他会在中途的收购站卖掉不需要的,得一笔钱,再轻装上阵。一切收拾停当,这时外面天也快亮了,远处已传来扫院子的声音,四月是最残忍的月份,玉兰树上朵朵白花渐次凋零,我在扫院子的时候,就觉得人生实在不公平,但也不是很不公平,因为还有丁香,它们的香味儿令人心动,忘了其他所有。我在扫院子的时候,其实也没什么好扫的,我只是发出一种扫院子的声音,无须睁眼,跟随扫帚挥动双臂,尘土在脚下微微荡起,夜露变作曙光,游出蛛网,我恍惚看见小径通幽处有人一晃而过,背上百花齐放,脚下左耐克右阿迪,略无声息。追上几步,但见楼台空锁,花木湿重,映出透明身躯的蠓虫,仍在蛛网间沉睡。起初,我以为这是我在扫地时做的一个梦,但直到大门在看不见的远处吱呀叫了一声,我才回身拾起扫帚重新挂着,心想,也许该给门轴上点油了,这样当第二号人物出门去的时候,就不会留下什么痕迹。四月是最残忍的一个月,当我给大门上好油以后,望着空空如也的门外,就感到人生又一次不公平,当然也充满遗憾,在大相国寺那边,人人都不相信第二号人物有一天还会回来,这些人,他们和第二号人物所到之处的人,又他妈有什么不同啊。

不可思议的事

在很多人看来,大相国寺是世间第一无遮大刹,所谓应有尽有,圆满自足,幸福在哪里,幸福就在大相国寺里。当然了,这不过是一句梦话。老方丈已经不止一次提醒过我。他倚着禅杖,又给了我个一指禅:你属猪的?规矩下饭吃了?我说:不是我说的,谁说是我啊!他说:那是谁?我摸摸脑门:不是大剩人说的嘛。老方丈点头、叹气:罪过,老衲是老了,记性不中了,原来是大剩人说的。我说:没错,就是他!却听脑门上"当"的一声:大剩人是谁?我眼前金星乱冒,只好护住额头,肋骨上又挨了一下:老衲老了,你也老了?老衲没啥记性,你小小后生,也转脸就忘?说完他就拿出一大朵棉花糖,示范般地舔了一口,看着它说:大剩人上次做了一个梦,梦到咱大相国寺,还记得否?

大剩人有次做梦,梦到了大相国寺,当时我刚给大门的门轴上好油,望着门外林木间微风摇动日影,还没来得及感到人生又一次不公平,大剩人就从旁边上来了,好像大幕拉开,大相国寺和我也徐徐露出,他一上场就问:我是不是在做梦啊?我也不假思索,就使出一招经典回答:你说呢?他又问:哦,我在做梦,我是谁呢?我说:你就是做梦的人呗。他皱皱眉:那你又是谁?我说:我是你梦到的人啊……要在平时,我会认为这人有点欠揍,但在梦里就不同了,在梦里,我们都觉得这件事还算有趣,你瞧,首先是大剩人梦到了大相国寺,而我是他在梦里遇到的一个人,我陪他在大相国寺闲逛,他说好啊好啊,果然是天下第一,无遮大刹,所谓应有尽有,圆满自足,幸福在哪里幸福就在大相国寺里。我说老兄啊,做梦而已,何必当真?他说,谁当真了?我当真么?我没有当真,当真的是你,我在说梦话啊!

梦就是这种当不得真的东西。我一直在琢磨梦与现实分界的那个地方,那个岔道,那个刹那,也就是我站在大相国寺门口的时候,望着门外林木间微风摇动日影,远处山岭由浓到淡以至无穷,我给门轴上好了油,它就不再发出吱吱呀呀的响声,而门外的世界富藏万有,引力相系,唯成实相,不升不坠,却又空空如也,就像大海中的波浪,不知道多少人淹没在其中,而我却什么也看不到。然后我就看到了大剩人,他梦见自己来到大相国寺,想也不想张嘴就说,我是不是在做梦啊?

回忆至此,我满怀戒备、一动不动地瞪着老方丈,他转动半朵棉花糖,从容地对我说:大剩人那次梦到咱大相国寺,他说咱大相国寺上上下下左左右右前心后背一片大好,其实根本都是梦话,梦话岂能当真?当真你就输了,不当真你也没赢。这时一大朵棉花糖都不见了,他用指尖弯起光秃秃的还有一点甜味的竹棍,眼看就要像弹弓一般弹在我头上,却引而不发:人生苦短,奄忽无住,给大门加好油以后立刻回来,别在门口东张西望,记住了?话音刚落,正要撒手,但我早有准备,丢下一声"喏",当时就踩着凌波微步像只蝴蝶那样打他身边晃了过去。要知道,在大相国寺那边,情况复杂,瞬息万变,不可思议的事情多如牛毛或者粪土,所以当我在老方丈面前突然使出这一招,他也没有特别惊讶或在我离开的时候鼓掌,因为这还远远算不上不可思议,这并不难,你也不必太认真,你要知道,你也是个梦中人。

失去记

昨天,我的钱丢了。虽然不是很大的一笔钱,但在大相国寺那边,钱是一种象征,到底象征什么,我也说不太好,我只知道每个人都有钱,数目不等,每个人都有,这本身就是象征。我心急如焚,搜遍房里每一个似曾相识的角落,历数浮现在眼前的可疑对象,又揣起手踢着草丛一路来到大门口,大门依旧半开半合,摸一摸,门轴上的新油还没有干透,我听见四下里风摇木叶,忽然记起老方丈的嘱咐,他带着一丝甜味说,不要在门口东张西望,然后他就微笑点头,把竹棍弹向空中,然后我就凌波微步,老方丈左右张望,我已不见踪影,他叹一口气,拾起我的钱包,拖着禅杖走掉。

现在我手扶大门,大门不再发出吱呀呀的响声,眼前丛林低伏,一浪逐一浪地远去,又随风漫过山岭,山岭之外无穷无尽,空空如也,按理说,这时候我应当面对无常美景,脑海横流,尽显出丢钱的本末,随后就咣当把门关上，回去找老方丈要钱。但我刚想到那个画面，还没来得及关门，大剩人就如沐春风地上来了，我一见他，心说该死，掉头就跑，他一把捉住我说：哎，怎么又是你！我说：你说错了，这句是我说的！他说：欸，那我该说什么？我就说：其实你也是这句，咱们得同时说出来——怎么又是你！你说早了老兄。他说：然后呢？我说：然后你就把手放开，我慢慢告诉你。

大剩人放开手，我缓缓转着手腕，只听他抱歉地说：我也不知生而为谁，总是反反复复，梦到同一个地方，这是哪儿啊？你为何在此？你知道你在等我吗？没请教你法号是？我趁他正施礼间，使出一招顺水推舟，当胸双击，把他一阵风般拍出门外，冷笑一声，咣当关门，放下门闩，一回头，却见他在我身后直起腰来，掸掸屁股说：喂，好一个大刹，真是宝顶庄严，乱云飞渡，千山走遍，幸福在哪里……

"哥屋恩滚！"我揪起他脖领子一路拖出大门旁边的小门，从台阶上顺势往下一推，回身关门，插上插销，拍拍双手，一转身，大剩人已在廊庑下五步之外与我同时转过身来，叉手笑道：

"初次见面,甚是想念,我可不是来比武的,不过既然尊驾有兴致,玩两手也不妨事,可是点到即止啊。"

"来来来!"我袍襟一提,使出凌微向他追击,但他的轻功似也了得,左右腾挪,任我声东击西,竟沾不到他的边儿。这时忽又下来一场倾盆大雨,密布周天,雨点如万千带电光子掠过,地面响若爆竹,飞烟四溅,我衣衫尽湿,凌微迟重,气急败坏地喊,你这是哪家的功夫,怎么从未见过?他回头说别追了,你追不上我的,上次有个人差一点抓到我,结果被我掏出回马枪啪一枪打死了,连人带尸丢在梦里,可惨了。我说哎哟你吓死我了,救命啊!有枪是吧,子弹够么?要不要我抓一把还给你!说时迟,那时快,只见他从怀中明晃晃掏出一支德国造蓝色锰钢小手枪,对着我连连发射,我也不得不使出一招爱莫能助,仰天折腰放低身段,衣衫飞动,让子弹擦着鼻尖和指尖一一掠过,还顺便戴上了一副墨镜,亲娘唉,在梦里,连枪声都那么古典和悦耳:

咚咚锵,咚咚锵锵咚咚锵!咚咚锵锵起咚起咚锵!锵!

穿墙记

如同又一个耳中隐约有交响乐忽远忽近的下午,邦邦,邦。天上又飘着一千朵云,就像一幅画,这幅画就像一件蓝白条的海魂衫,这件海魂衫下面有两条裤子,我们把裤子挑在高高的竹竿上,没过一会儿,两条肥大的裤子就摇摇晃晃融化在蓝天里。又过了没多久,它们看上去越来越不像裤子了——说明裤子已经晒好了,可以收起来了。

"我在一个下午的裤子里,啊不,是梦里,"大剩人抬头笑了一下,接着往下写,"我,对他笑了笑,他是谁,这不重要,反正我也不认识他。在这人生的大下午,我一点儿也没有迷失,以前我迷失过,就像梦一场,比如就像这个梦,如同我以前也梦到过这儿,以前,多么遥远,全是迷雾,"他穿着晒好的白衬衫,还打着领带,领带上还有个领带夹子,不过细看的话就会发现那只是个塑料夹子,就是你妈洗衣服的时候夹袜子的那种夹子,他手上还抱着个可以"啪"的一声合上的活页夹子,里面夹着几张破纸,他就在那上面接着写道,"迷雾重重,危机四伏,惊涛骇浪,全在身后,来路险恶,那是不假,但我现在要做的只是抽一支烟,"他接过我递给他的一些纸烟,这些纸烟都是从我耳朵里掏出来的,我掏完左耳,又掏右耳,结果掏出许多纸烟。

"抽吧,别在你的狗屁夹子上扯淡了。"我对他说。现在我的耳朵轻松多了,里边的交响乐听着也不那么堵了,你知道,每个人耳朵里都有若干交响乐,你只要稍稍留意就能听得到。这些交响乐与生俱来,总是呆在我们的耳朵里,你不会在掏耳屎的时候把它也掏出来。你掏完左耳,再掏右耳,但不可能掏出那支交响乐队。其不可能正如你无法将一支神情肃穆、各执一端、坚若磐石的交响乐队放入耳中。我说了嘛,它们是与生俱来的。

啊,这些听了几万遍的,像裤子一样脱了又穿的交响乐,正随着天空中的时间化为云朵,云朵朦胧曲折的阴影投下来,就像地图上的军队淹没了屋檐、围墙以及远处的山岭,军队经过头顶,整个世界一阵阴凉,仿佛有种卖雪糕的吆喝声由远及近,我一伸手,果然有人递来一根雪糕,吃完又递来一根,有巧克力的,有小豆的,还有五仁的,有人说:舒服吗? 我说:乱世浮生,忝列其中,如此甘凉,这不是在做梦吧? 他就猛地一推我:起来了,不要在我的梦里睡觉!

我直起身,擦去一条雪糕味儿的口水,大剩人叼着个熄火烟屁,写得笔尖在破纸上啪啪啪作响,时间不多了,我立刻感到了这一点,因为傻子也能看到天空中发生的事,云瞬间变得黑兮兮的,就像那些地图上的军队突然纵马飞奔起来,天上满是尘土和金属的闪光,雷鸣震山,风吹鸟走,屋瓦乱响,大剩人把夹子一合,摘下眼镜,叹口气说,时间到了,这也太快了,还没写完呢! 我刚要起身,他却口中默念,抵掌捏诀,双脚飞动踢起尘沙一头撞过墙去。

我走到墙下,把那个活页夹子拾了起来。不出所料,里边是空空如也。

墙那边的树叶和墙这边的树叶纠缠在一起,就像我和大剩人最后的对话:

"喂?"

"喂!"

"你那边是什么?"

"你那边是什么……"

"是我在问你!"

"是啊你在问我……"

"到底是什么!"

"你等一下,好像也是个院子……"

"什么院子?"

"和你那边差不多……丛林叠翠,屋宇广厦,"声音有点远了。

"是不是很大?"

"……你说啥?"

"我问你是不是很大?"

"……啥很大?"

"院子啊,你妈的,是不是很大!"

"哦,大极了,好一个大刹,还有个大殿,宝顶庄严……天啊,你怎么也在这儿!"

"!"

过了片刻,我才听到大剩人的最后一句话从远处传过来:"喂,等等,我是不是在做梦啊!"

凌微记

大剩人并不是总能梦到大相国寺那边的事。而往往在他梦到那儿的时候，就会赶上第二号人物出门远行，而我睁一眼闭一眼地扫地，直到扫上大剩人的脚面。我们有时动武，有时倒也相处甚欢，因为在梦里，这都是不一定的嘛。晚上吃完了饭，我们还一起在灯下闲聊，或者搭一种人满为患的梦中火车赶往某个意想不到的地方。每当梦醒时分，大剩人口中念念有词，施展起穿墙术，我就只好在一边干瞪眼，看着他消失，叹一口气或是不叹，从空空如也的墙边离开。

在大相国寺那边，离开并不是人们通常认为的那种意义。第二号人物每一次离开，就会出现在另一些人面前。我从墙边离开，就会跑到厕所去数我的钱。钱包失而复得，此处不容细说，一五，一十，十五，二十，二十五……近来我的钱多了一些，这让挡板也显得岌岌可危，我老觉得它会倒下来，不是砸着我，就是砸着猫在外边等着抢钱的人。当然抢钱的人每次都并不存在,每次,挡板也都开合自如,但在大相国寺那边,情况就是这样复杂。我不得不多个心眼。

我相信老方丈也在偷偷数他的钱。他老眼昏花,积蓄又比我多,可能往往还得多数几遍。在数钱的时候,人就会变得很专一,根本想不到白天说过的那许多屁话。在白天我们都没事可干,开饭遥遥无期,就会扯出许多屁话。但是一般来讲,我们都争取躲开老方丈,在大相国寺那边,就数他的屁话最多。

大相国寺装电话了,电话装得正是时候,因为电话刚一装好,就来了一个电话。

"喂!哪一位!"

老方丈把耳朵紧紧贴在听筒上,唾沫丁像流星雨穿过阳光里的尘埃:

"喂,喂啊,我是老方丈啊!"

老方丈换了只耳朵。听筒里马上有嘶嘶啦啦的声音从另一只耳朵里跑出来了。

"你找谁……我是老……"

"……方丈啊！"

"我说，我是老方丈！"

"我老方……喂？"

老方丈满足、慎重、有所思地挂上电话。

老方丈很少走出大相国寺。对他来说，世界上其他地方和这里没有两样。当然他也没有去过其他地方。关于第二号人物，我能够想起他走在路上的样子，他何时在溪流边洗脚，等待岩石上的阳光晒干衣服，在客栈花几个零钱买杯凉酒，看别人打架，露出武侠式的微笑；我会想象他将要到达的是个什么地方，有没有人给他搭车，半路会不会遇上山贼，他怎样和山贼交朋友，或许成为他们的第二号人物……没错，即使那样，有一天他还是会回到大相国寺，头顶毛巾，球鞋开洞，满身刀伤，阴天下雨时就隐隐作痛。在大相国寺那边，雨季总是来得很早，往往是寒冷泥泞的雨雪未曾稍歇，春天的花就盛开起来，不等它们全都落空，亚热带季风就会从亚热带盘旋而来，与北部大雪山上的北部大寒流相遇，变成湿漉漉的黑云，变成响雷，冰雹，变成白雨。有一次，湿漉漉的黑云直接落到院子里来了,然后大家都看到第二号人物的上半身吱呀一声推开大门,左手挥去迷雾,右手黄瓜半根,仿佛只是看了个电影散场回家,背上除了百花齐放,还若无其事地插着两把飞刀……当然也可能是我看走了眼。事实上,我们都在云端半浮半沉,上厕所都看不到下半身。在去饭堂的路上,所有人的下半身都变成湿漉漉的……这当然很糗。在饭堂那边,我们还不得不把碗端得高些,再高些,因为乌云已经淹没了桌子,雷声仿佛被我们坐在屁股底下,窗外大大的月亮忽升忽降,这就像一架夜航飞机在做侧翼飞行,我指的是大相国寺,以及我们这些伸着脖子喝粥的乘客。

  但是,关于老方丈啊,我们也没人认为这架飞机是他开的。我们基本认为这架飞机是无人驾驶的。无人驾驶的飞机听起来总是很安全,因为无人嘛。有些傻子还总问,无人是谁?这个问题的豪华程度已经不能用语言来解决,我们就一边洗碗,一边唱起那首经典的"这是一首没有人会唱的歌",大意是,这是一首没有人会唱的歌,它的旋律比什么都优美,它的歌词比什么都特别,这是一首没有人会唱的歌,你永远都不会听到它……

唱归唱，可是不能给老方丈听到，不然问题就来了：你唱的是什么歌？你不会唱的又是什么歌？你是说没人会唱你唱的那首歌？还是说你唱的那首歌就是没人会唱的歌？那你是怎么唱的？我听到的又是啥？

另一方面，在大相国寺那边，人人见了老方丈都会以骑着一匹快马的速度瞬间闪人，日行千里夜行八百，这个速度真的很过分。

为了更过分一点，我们一直很努力地在练习凌波微步。在练习凌微的时候，大家就像跳上流的华尔兹舞一样交错而过，起承转合之间，还互相扯上一两句屁话。

"啥时开饭！"陕西口音飘走。

广东口音飘来："丢，粥太稀以掩涕兮……"

"子在川上曰，没有烩面不中！"第一河南高音飘走。

唐山口音飘来："跟谁会面呐？"

"他说他要次白面！"东北口音飘走。

"你们啊，还是缺少一点人生经验，我是见得多了，外边哪个馆子我没有吃过？腌笃鲜晓得伐，比你们不知高到哪里去了！"上海口音飘走。

第一河南高音飘来:"腌你个腔,踩我脚干啥!"

第二河南高音飘走:"快跑!师父来了!"

老方丈吱扭一声从门里出来,含笑点头一声咳嗽,大家嗡的一声全散了,像阵妈的风一样。

再回首

世界上所有的玩笑,其实都来自很严肃的事情,凌微就是一件严肃的事,所以不能不开些玩笑,无伤大雅,只不过是一个过门,大家会心一笑,甚至都不用笑,因为不笑而笑,才是会心的笑。凌微之余,不知谁起的头,大家又开始谈论穿墙术,我有一搭无一搭听着,他们七嘴八舌,只说对了一点,就是墙那边有些什么,没人能说得准,简称没准。我只知道,每个人穿墙而过看到的东西都完全不同。

大剩人每次穿墙而过,就会重新进入大相国寺,进来后东张西望,我呢就正好在门口找钱包,门轴飘香,山花乱坠,我刚要想起钱包在哪儿,他就一遍遍撞上我,我就一遍遍找不到钱包。后来他也烦了,拉着我在墙根下说,倒霉的我,自从碰上你,就成了西西弗斯了。我说,倒霉的我,就是那块石头呗。他闭上眼说,我倒想当块石头,被人推着上山,自己再滚下来,符合客观规律,反正我再也不想穿墙了。我说,这叫鬼打墙,是得破一破,总不能老演这一幕啊。他又一睁眼说，有了，我倒是有个主意，反正第一幕也演成这样了，咱把第二幕往前挪挪，这回你来穿墙，我去给你找钱包，完璧归赵，不亦乐乎？我说可是，穿墙……我不会呀。他说你在我的梦里穿墙，有啥会不会的，墙中自有墙中手，半推半就把你搂，一点不难，只要到了墙跟前别怕，拿头硬往过撞就行。不过，你穿墙之后到了什么地方，那我可就不知道了。我说，为为为什么？他说，为什么？因为我在帮你找钱包嘛，白痴！

现在，吁，总算提到钱包了，终于要说说钱包的事了。事情是这样的，我的钱包丢了……我的钱包又回来了，钱一张都没少，也一张不多。师兄们谈完穿墙术，就一个接一个地散去，只有我还靠在墙上，手中紧紧地捏住钱包，这些钱足够我去小镇上花一回的，要不要去小镇花钱的想法像一个诱惑在墙上乱爬……没人知道，小镇就在墙那边，穿过墙壁，我就会来到群山脚下，站在它伤痕累累的马路上。这是个阴天，又要下雨咧，小镇上一定很热闹，说不定还有人要结婚，食堂里响起婚礼进行曲，当里个当，当里个当，在春天的小镇那边，人人都喜欢在食堂结婚，食堂是小镇最重要的第二个公共场所，由严谨的灰砖砌成，有三层楼那么高，有古朴的门廊，有拱形的门楣，门前还有一个水泥小广场，广场上有一个水泥做的小仙女，水泥裙子下常年躺着两三个要饭的，但他们不是水泥的，路过的人总会把手里剩下的一点食物丢在水泥小仙女脚下，有时是半瓶水，有时是一块面包或一串烤肉，一小杯麻辣烫，几粒糖果，还有很多肉的西瓜皮。当然，也没有人指望做了这些而得到三声谢谢。其实他们只是被叫做要饭的，因为他们并不要饭，他们只不过是疯子。当然，哪个镇上要没几个疯子，那简直都不能算是个镇。当然，疯子也要吃饭，而食堂又近在眼前，碰上有人办婚礼，疯子们帮着起起哄，还会混到一份油水很足的饭菜。

　　下雨的时候，疯子们也会点个蜡烛头，躲在食堂的门廊底下聊天，一边吸着夹在耳朵上的备用烟屁，他们的聊天总是围绕着一个话题。

　　"你去过北京？"
　　"我去过北京。"

"你什么时候去过北京?"

"我也去过北京。"

"你去过北京?"

"我去过北京。"

"你也去过北京?"

"我去过北京。"

"你什么时候去过北京?"

"他也去过北京。"

"他去过北京?"

"我去过北京。"

"你什么时候去过北京!"

"你什么时候去过北京!"

三个疯子一阵沉默。聊不下去的时候,他们就望着广场上水泥小仙女四周雾蒙蒙的雨水,耳中演奏起经常在这儿听到的婚礼进行曲。当里个当,当里个当,在春天的食堂那边,无论体面或寒酸的婚礼,都会有婚礼进行曲。因为婚礼总要进行的嘛。婚礼进行的时候,人们笑得就像疯子,疯子们倒严肃起来,他们好像也知道这是人生大事，光听啪啪啪的炮声就知道了。每当此时，对面饭馆的王大老板就杵在写有"排骨王"三个字的窗户前，阴沉着脸往过看。每当此时，黄大律师就蹬上那架"狗提兔子"满载贵宾，往来奔突。每当此时，毛大所长就嗅嗅他的假发帽，小心地戴正，再用梳子分出一条缝儿来。每当此时，"性价比"就会用她圆乎乎的肩膀顶开蒙娜丽莎洗脚房的玻璃门泼出一盆洗脚水。每当此时，食堂门口"登喜路歌舞团"的架子鼓手左顾右盼敲得上下乱颤，电子琴演奏的正是婚礼进行曲，接下来其他经典曲目还有大海啊故乡，十五的月亮，有一个美丽的传说，打靶归来，好汉歌，明天我要嫁给你啦，爱江山更爱美人，对你爱爱爱不完，懂你，你知道我在等你吗，我是不是你最疼爱的人，我想有个家，选择，牵手，路边的野花不要采，静悄悄的玫瑰羞答答地开，我的心里只有你没有他，要是葬礼，那还会多加一首敢问路在何方或者我真的好想再活五百年。

群山脚下的小镇就像把地球展开到最后图穷匕见的一个小镇，而那把匕首可能是我。每当我穿墙而去，小镇就还是那个鬼样子，人们见了我，仿佛似曾相识，却又全不相认。比如这个人，明明是我的少年玩伴，我们还打过一架，互相把衣服撕得像裁缝铺里的布片，后来又和好如初。但他看见了我，却假装无动于衷。还有一个人，和我是一个班的，有一次我弄断了他的右手无名指，当然不是故意的，是闹着玩不小心，他不可能不记得我，但他也直接从我面前走了过去，那根无名指上戴着金戒指，还抱着个吃奶的孩子。还有一个黑脸老苍头，已经退休了，仍穿件没标志的旧制服，在广场上瞎蹦跶。我小时候，他曾经打过我一巴掌，就因为我路过养老院的窗子往里看了一眼，那窗里有一个老头，他永远在织毛衣，一边织一边大声叹气，大家路过时都会趴上去看看，但我什么都没看到，就被提着脖子拎了起来。这一切都毫无意义，我却挨了一记耳光。这也是唯一一个打过我耳光的人，但是看来他早就忘了，还兴冲冲地在那儿跳广场舞。也罢，我扯出一个活页夹子，在上面写上：这里是小镇，或是小镇的另一部分，因为有些地方已经不一样了，我记得这里有个三温暖，但是现在它成了一个老澡堂，那里曾是个卡拉OK厅，现在却成了副食店，仿佛时光倒流，车来车往，让熟悉的街道变得像玩具一样狭窄，空气里的尘土半天都落不到地上，我要继续往前走，故地重游，看看还能碰到些什么……后面还有很多要写的，思如泉涌，但是笔没水了，只得作罢。

实际上我记得我在小镇是有个房子的，是一排六层楼房的一楼，房子里住着我的父母和姐姐，当然还有我。那时少年们总是蹬在自行车上扒着阳台悄悄喊我出去鬼混，如果我能找到那个房子的话，说不准还会碰到他们在那儿扒着，我就可以悄悄跨到他们的自行车后座上，吓他一吓。但是好像没戏，关于那排六层楼房的记忆停止供应了，像一块干巴巴的海绵挤不出水来，而小镇看上去又是那么似是而非，我走了半天，不得要领，只好又回到水泥小广场，绕过水泥小仙女，过街走进了"排骨王"，看着脏乎乎的菜单点了一碗面条。这让肚子还没有后来那么大的王大老板乘兴而来，败兴而去。但是我为什么要让他高兴呢？他养的狗从前还咬过我一口，疤就在小腿上，虽然不是什么血海深仇，但却让我记忆犹新。后来它死了，是被另一条狗咬死的，王大老板哭成了泪人儿，还为它请了"骨肉皮歌舞团"来跳钢管舞，办了一场风光大葬。这都是些鸡毛蒜皮，俱往矣，从窗子望出去,对面的三层楼食堂和水泥小仙女就像波浪一样此起彼伏,看来"排骨王"虽然几经风雨,最终没舍得换块好玻璃;柜台上,一个女声被王大老板按得直叫:加一,加一,加二,加三,乘以一万,减去三千,乘以五百……等于一亿,一千,九百,三十,六万,七百,零二,分,归零,归零,归零……王大老板看着过门不入的人们乘着食堂化作的玻璃浪花离开,他通过那个女人得到的数字也就此一笔勾销。在春天的小镇那边,钱不仅是一种象征,还是很具体的脏兮兮的东西,我吃完面,等着王大老板找钱,他的钱箱里全是钱,像个花花绿绿的小型坟墓,它们又软又破,都起了毛边,钱上画的人好像都没洗脸,还有一股腌菜味儿。王大老板在钱箱里刨来刨去,刨出最烂的几张给我,我倒不在乎,我会把它们马上花掉。出了饭馆往前走不远,这里有一家商店,商店里应有尽有,我转来转去,那些钱刚够买点茶叶,茶叶是送给老方丈的,因为他捡到了我的钱包。对了,那正是第二号人物回来的日子,春光一派大好,我也不再烦恼,因为烦恼就是菩提,老方丈说过,世间不如意事十之八九,只有钱是花不完的,比如,每当世界末日,烦恼荡尽,剩下的就只有钱，全部都在，一毛也不少。所以根本不用担心，你丢了钱，但钱并没有丢，它只是到了别人手上。老方丈振锡而立，注视着巍峨的殿宇，和流风般掠过的飞鸟，手腕一抖，亮出我的钱包：是你的吧，点点。

我刚接过钱包，脑门上立刻挨了一下：

"听说你在练穿墙术？"

我眼冒金星，挥起钱包上下左右封住门户，却仍然频频中招："练啥穿墙术？你穿墙想去哪？放着大门你不走，旁门左道自来熟，有啥事不可告人？"

师兄们也围过来，兴高采烈搭起肩膀看热闹，老方丈长髯当风，大喝一声，禅杖左手交右手，我呢，一边举手投降，一边说："没有不可告人，也没有需要告人，莫须有！是他们在说穿墙，我还想，一定是聊斋看多了，这世上哪来的穿墙术！"

老方丈拂袖道："还来狡辩！刚才我闭关出关，看见房里人影一闪，就像你，脑袋圆圆的，我一追，你就跑，像阵风，不见了。我门窗都插得好好的，纹丝未动。只见一个钱包掉在地上，我一看，这不是我的钱包！我到处问，有人说是你的，人证物证俱在，还说你没有穿墙？"

我简直哭笑不得:"方丈啊,我的钱包不是你那天拾到的么,你是不是忘了?你再想想。你贵人多忘事,这点小事原也不必记得,都是身外之物,至于说穿墙,我一直和大家在一起啊,我又没有分身术,何谈穿墙?"

老方丈看看众人,说:"你们觉得呢?"

师兄们七嘴八舌说,噢,有理,似乎,确实,如是,不知道,也许……喏师父,你还不去下棋吗?

老方丈若有所思:"下棋吗?是的是的,我近日想了一个残局,无人可破,于是我又想出另一个残局,破是破了,但新的残局更加难办,谁能破之?"

我便随便一指说:"那不是来了!"

指落处,第二号人物已一步到位,头顶破裂的安全帽,手持打狗棒,肩扛棉被,就像所有受过高等教育的人那样,冲我们举起两根手指,高高地打出一个V字手势。一时间天昏地暗,云雾弥漫,冷雨如钉,第二号人物所经之处,各种破烂铿锵作响,仿佛欢声笑语,在风中落地,人们都跑去看下棋,我也装作还有别的大事要办,按住钱包,迈着凌波微步离开。

末日V机

第二号人物回来了,生活平静复平淡,我重新有了钱,就跟大家一样,不再自卑,练习凌微,饥餐困觉,放屎放尿,放空了,才知道,人就是一条大管子,你只有不厌其烦,让一件件事物进入管子,经过一番努力,最终消失在管子尽头。世间奥秘尽在于此。但说到底世间有什么奥秘的话,那我是不会马上承认的。

现在扫地的时候真的也没什么好扫了,花都掉光了,到了另一个世界,这边世界的树上则结出一个个小果实来,但都是不能吃的,不要以为果实都是长来吃的,它就只是这样结了出来,就像做了一场梦,梦见花掉光了,却有了一个个自己,在它的梦中并不孤单,还有很多很多别的果实,还有一个人在众果实下扫地,一路扫到大门,这时门外山上的林木已显出浓绿色,风过岚谷,有如巨浪翻滚,像有个西西弗斯在推石上下,巨浪中还有一件事在发生,那就是吃,谁能吃谁,经过了漫长的选择与被选择,从物种起源一直吃到现在,所以你也无法断定哪些果实是不能吃的,说不定它就在梦中被谁吃掉了。我常常停住扫帚琢磨着,谁为什么要吃谁以及不想吃谁,是不是真的有谁永远不会被吃掉,然后就这么结束了。乌云大雨天里,雷声一震,山上就像几百万人在说话,用的都是滴滴答答的语言,合起来又是那么浩荡,一时打开伞,如同一个倒立在空中的V字,所有的雨倾泻而来,让我也加入了对话,就像在滴滴答答中自言自语,像在跟世界上所有的人说话而没有人能听到。

雨季持续,众房子开始漏雨,第二号人物的房子漏得最厉害,听来像下汤面一样,房里整夜都是吃面的声音。等雨稍歇,大家都去帮他修房,上房揭瓦,揭了瓦一看,这房其实也用不着修,拆了重盖一间就是了。那一天,云气湿沉沉,我们在云中筑屋,唱歌,在房梁上凌微,天与地都看不见,这是一种粗糙、临时的悬浮感,就像跑调的歌声,你也不知道要往哪里跑,就像逃学的下午,你也不知能往哪里逃,在跑调和逃学之外,生活还是那么平淡,平淡得你想揍它一顿,它却对你打出V字手势,时刻欢迎你再回来。现在我们被第二号人物影响,都学会了使用V字手势,起初还不自信,怯怯地立起两根手指,渐渐入了佳境,就大胆地举高,再举高,傲以示人,以前偷学老方丈的一指禅,总搞不清他用的是哪根手指,哪根都有可能,反正是一指禅嘛。现在学习V字手势,就一举成功,因为别根手指都做不出,只有这两根指头能做得出,这岂非天意?大家都说,还是二比一好,天地间有此一V,浮云滚滚,尽是笑谈,什么凌微,都不如加个V,一切有V法,如露亦如电,子在川上V,逝者如斯V,昼短苦夜长,何不秉烛V,VV子衿,UU我心,V从中来,不可断绝!

当然,关于V字手势,永远有发掘不尽的意义,中午收工吃饭,大家又发掘出了筷子、触角、弹弓、蝴蝶、扇贝、圆规、剪刀、金字塔、千手观音,在一个慢慢移动的V字之间一秒一秒划着圆形V字的表针,以及鳄鱼与鸟嘴、鲸鱼的喷泉、哥特式的一切、所有歧途、推理、辩论、阴谋与爱情、还有蒙克老兄的惊叫、富士山倒影和折扇,一个V字踩着一个V字往上爬的艾菲尔铁塔,最有趣的是快板,一个分成两半的V字,永远有一半上下翻飞打着另一半,旁边还有一小叠V字夹在手指当中快乐地摇晃,大家集思广益,唉,我简直插不上嘴,但这也不是尽头,因为V字还可能是一架无人驾驶的飞机,从两翼到顶端更是V字的多重组合,就像我们小时候折飞机一定会先要折出许多个V字来,最后这许多个V字就叠成了一架V字形的飞机,并且无人驾驶,飞得到处都是,在儿童乐园里,让人想起世界末日。

世界末日就在儿童乐园里。那里有前升后降的木马,秋千架和跷跷板,鼻子拖地的大象滑梯,一大栅可以钻来钻去的铁迷宫,地方不大,相当简陋,也只有儿童才会把它当做乐园。角落上还有一只看起来没用的石头天鹅,跟几棵没人种过的向日葵依偎在一起,它身上写满了海誓山盟:李军爱刘丽,王伟爱刘丽,赵亮爱刘丽,刘丽是女特务……其实我也爱刘丽,但是我没有写出来,我觉得这样才是真爱。当然那个时候,爱是稀里又糊涂说也说不清楚的一件事,所以刘丽知道有这么多人爱她,也没有特别感动过,而是告了老师,老师叫来家长,家长左右开弓,三位少侠从此不再相信爱情。儿童乐园本是幼儿园楼后面的一片狭长地带,不知为什么,后来幼儿园改成了养老院,乐园也就失去了存在意义,成了一片迷宫生草转椅破碎滑梯断裂的荒园。再后来，老人院里有一个老人上吊了，就是整天坐在屋里一边织毛线一边大声叹气的那个老头，他今年织一件毛衣，明年拆了重新再织一件，同时还发出好多叹气声，所以他织了很多毛衣，但是他只织一件毛线。人们都叫他老毛线。老毛线死后，不知谁把他的破毛衣丢进了野草丛生的儿童乐园，那是一件黑毛衣，它刚好披在一株向日葵身上，傍晚路过时，你就会见到那里有一个布满密集籽粒的大脑袋，两条胳膊随风比划，不曾稍歇。后来向日葵也死光了，毛衣又掉到石头天鹅身上，盖住了那些海誓山盟。后来就没有老人院了，它又改回了一所幼儿园，也不知在折腾什么。但儿童乐园再也没有恢复过，没有复乐园，只有失乐园。经常有飞机从幼儿园的二楼窗口飞出，在同流层虚晃一枪，转个弯儿或是像真的失事一样倒栽下去，在底下的草丛里你还能找到大概够打一场马里亚纳大海战的飞机残骸，也有少数飞机，通常是一个漂亮的印刷体的V字，可以长时间从容地浮在空中，然后一转向划着令人心动的曲线飞出乐园，就像从世界末日里逃了开去。

唉,世界末日那一天,当然没人能逃出去,也不晓得会遇到些什么,也许什么也不会遇见,我们大家就都被包了饺子,一起搬家了。话说到这儿,人人都摆出一副好像明天就要搬家,却还一件东西也没收拾的样子。其实他们根本就没有东西可以收拾,他们没有,我也没有,一帮穷鬼,想到这个世界上有那么多东西,浩如烟海,数都数不清,不禁也像拥有东西的人那样皱起眉头,所有人所有的器官一下全都耷拉下来。当然这也是个老话题了,每隔一段时间,就跟过节一样,世界末日就会被某个无聊的人提起来,于是人人都开始谈论它,你要是不参与就会被边缘化,就好像世界末日没有你的份。只不过这一次,这个无聊的人轮到是我,是我在修房时提起了世界末日,所以没有人可以再把我边缘化,大家都围绕着我挑起的话题展开热议,房上房下各种提问随着瓦片乱飞,不同口音的答案在风中飘扬,我反倒一言不发,如同处于风暴中心,微笑,对每一个新加入讨论的人都报以微笑,世界末日最重要的就是人人有份嘛。

扯来扯去,末日落山,一天又要过去,大家快马加鞭,瓦片叮当,应接不暇,这时偏偏又有人说,其实世界末日才是开始,只因我们这个世界是个大怪物,所有一切都是颠倒着进行的,但就连倒着进行,也只是你以为如此,你以为你以为如此,他以为他以为如彼,都是一些幻觉,因为我们都在这个大怪物内部,所以不能不以为如此,或是如彼,不然就不要以为好了,但不要以为也是一种以为啊,你不要以为这话是我说的,别人会以为这是你说的,就是这么如幻啊。暮光之中,说话的人就在底下,看不太清,声音怪耳熟的,说一句,就往上扔一片瓦给我,直到他说完最后一句,就是这么如幻啊,然后扔了个活页夹子上来,我接住一看,好似旧梦重演,多少往事历历在目,而那人已收身遁入黄昏的光晕里,我忙喊:哒!站住!拦住他,别让他跑了!房上大家一愣神,都问,谁跑了,见鬼了你?我说,就是他,他叫做大剩人,他说我们大相国寺上下左右内外方圆,就是个梦,我们都在他的梦中,在等他醒来,又怕他醒来,这人不可不防,上一集老方丈还提起过他!大家都说,别扯了,上一集?谁还关心上一集,我们只管这一集,和下一集,我们等的就是最后一集!我说,其实我也在等最后一集。大家说,晚了,你等不到最后一集了,你是无期啊。我便心一凉,绝望地想,对了,我是无期的,我永远都只有上一集了。一绝望,我就醒了过来。一醒,头碰在坚硬的水泥炕沿上,眼前是一道坚硬的铁门,正对着一个坚硬的铁窗,铁门上悄然打开一个坚硬的小口,一只眼睛和半个鼻子停在那儿,透过小口中的微光,我好像认出了他,他的声音低沉、短促、坚固:007,你又说梦话了,老实睡觉。不知为什么,一听到这个声音,我竟然有些感动,刚才的无名恐惧一时消散,身边同屋人的呼噜声此起彼伏,竟也是那么的顺耳,我想说声谢谢,因为他的声音让我想了起来,我不是无期,我是最后一集的,我只须度过这一集和下一集,再过好多集,和大家一样,剧终的时候就会从这儿出去。一切都会结束,如同没有发生。哈哈,就是这么如幻啊。后半夜我睡得很死,早起洗漱,点名,跑操,跑操的时候例行查房,查完房,大家都一排排静坐在大炕上,非想非非想,等着发饭。我们的炕头儿被叫走了,好半天才回来,一进门,就把一个活页夹子从空中直拍到我头上:看看看看,这货还是个小说家,也不知啥时候写了这些梦话!咱们白天修仓房在屋顶说的话,都给他偷偷记在里边了,一句不落!想告密?看,什么所有器官都耷拉下来,什么答案在风中飘扬!听着就不像好话!你还风暴中心,你也配!

我不得不说,世事难预料,现在好多人都喜欢预料,想要知道前边还有什么,未来究竟怎样,但我不同,我只对发生过的事情感兴趣,而在已经发生过的事情当中,也仍然有很多你所不知道的,当你知道了这些不知道的,就会知道原来如此,而不是你以为的如彼。在我的人生中,还常常有许多妙语,当时对着人语塞讲不出来,事后却对着墙舌战群儒,全是妙对,于是想若能回到从前,如此这般水来土掩,天衣无缝,不是也很好吗?所以有一个活页夹子,可以记录所有曾经过往,不是也很好吗?知我者谓我心忧,不知者谓我何求。事已至此,我也只好不解释。大家口诛已毕,我罪方得赦免。其实大家都是好心,批评揭发也不无善意,后来他们也在不同场合承认过,为我作证:在我的活页夹子里,几乎没一个坏人,我之所以把监狱改成寺院,把狱友改成师兄,这都是为了大家方便。经过讨论一致同意,我的活页夹子又还给了我,有的人还拍拍我,说,哪天采访采访我,给你添点素材！我都来者不拒。另外我还想，说不定这座如假包换的监狱，也是值得怀疑的。谁说得准呢？我看你也说不准。怀疑一下又不加刑。别看我坐在狱中炕上，肚中声声唤，非想非非想，但如果是我从大相国寺穿墙而来，无意间误入白虎节堂，又当如何？也许这里和群山脚下的小镇一样，都是因为给大门上好油以后未能及时撤退，才种下了苦果。就是这么如幻嘛。现在也可以想见，在大相国寺那边，大家早已收工喝茶，在白莲花般的云朵下，地球望着一个淡淡的月球，山对面落日迟迟，余晖还洒在新房上，老方丈也跑来看，说，哎……不错嘛。还碰碰第二号人物的胳膊肘。他俩各自一笑，好多事情就过去了，不提了，飞机还是无人驾驶，还是飞向世界末日，只不过大家都回到座位上，系上了安全带，欣赏云海，来杯饮料，不加冰块，偶尔碰到胳膊肘，还相互一笑，如同受过高等教育。当然，第二号人物受过高等教育，这毋庸置疑，看他的棋路便知，精心谋局，稳中求进，不落险境，老方丈则剑拔弩张，气势如虹，棋盘敲得啪啪响，一看就是老江湖。眼看饭点到了，老方丈又要悔一步，围观众人暗暗叫苦，没一个人敢走，幸好这时轰隆一声巨雷从山后翻滚而起，好像一万多个西西弗斯滚了下来，腥风土雨闪电妖怪，裹起大众有的奔向厕所，有的逃入饭堂，有的撞到钟上，扫把在空中飞行，老方丈乘着风一路两个袖子鼓起来，也似得胜还朝。雨水如咒语，遍布十方世界，刚好粥也在锅里煮得滚烂，于是打粥，入座，感谢赐予我们饭食的人，不管他是谁，希望他明天继续做得更好。而且今天的米一点不稀，酱菜煮豆嚼起来也很清脆，一粒豆若是落在地上脏了，就还是一粒，若是不脏，就会有好几双筷子伸过来夹，直到再也没有一双筷子能捞到任何东西了，这才纷纷放下。

插入篇

现在我们可以休息一会儿，雨还在下，大相国寺里下，铁窗外也下，小镇上更是下个没完，当然，其中肯定至少有一个地方的雨是假的，哪一个呢，我不便指出，这也是不被允许的，再说也没啥必要，就让它们下吧。这时有一只手过来拉住了我，确切点说，这是一只女人的手，指甲五花八门，涂成各种颜色，我想，这就是所谓美甲了。我不认识她，但是她好像认识我，所以你瞧，我就拉着这只手，心存侥幸，也难免有点想入非非。她就说，想什么呢。听这个语气，没有问号，就是说，她知道我在想什么，对我了如指掌，她也知道我没想什么，也是了如指掌，她还知道其实她也并不想知道的一切，因为她全不在乎。因为这就像一个梦，甚至也不是我的梦，是我在做梦时以为自己曾经做过的一个梦，是一个插入式的过去时的梦，是存在于我梦中的一些假梦。梦之为假，与梦之为真，本也不足为训，你想想，就像当你吃完饭，要离开一个饭馆时，又有一帮朋友叫住了你，把你请到另一张桌子上,这里也有你一个位子,你跟这帮人又重新坐下来吃喝,然后你就发现他们并不是你的朋友,他们是一些假朋友,但往往也能以假乱真。我问女人,你意下如何,女人一笑,说,废什么话,小心地滑。话音未落我就脚底一滑,原来正是冬季,街上飞雪扑朔,一道道车辙都冻成了冰溜子,人们像企鹅一样扑棱着过街,缩着脖子,也真有一小队企鹅缩起脖子在我们前边蹀躞而行,都把围巾系得紧紧的。我听到落在后边的两只小企鹅在说话,一个说,太冷了。一个说,又冷,还饿。一个说,这是哪本童话书,路怎么这么长。一个说,好像是那本讲一群企鹅到海边去,结果落入了渔夫的圈套的,一个悲惨的故事。那个说,悲惨的故事,妈的,这算什么童话,我们逃走吧。这个说,没错,故事里是有一只小企鹅逃走了,不知是不是你?是你没错了,看你就像。那个说,可是我往哪儿逃呢?这个说,不要问我,我又不是你,路在脚下。那个说,那我逃了,你不和我一起么?咱们关系这么好。这个说,童话里可不是这么写的,我是一只平庸的企鹅,只能接受悲惨的命运,你快走吧,我跟谁也不说。那个说,好兄弟,我不会忘记你的,你也别忘了我。

二鹅挥泪作别,小企鹅便转身狂奔起来,当然这狂奔也只是把它的步子切得更碎而已,屁股扭得更勤而已,它躲开一条条笨重的裤腿,从一片片无情的汽车底部喷出的白雾间钻过马路,消失在高楼林立的寒冬里。我们继续往前,就见到了阳光,雪尽冰除,春暖花开,柔枝带笑,温润的泥土孕育着令人愉悦的生机,一些学校开学了,传来朗朗的读书声,一些火车到站了,旅客们大包小包走出站台,一些建筑工地上呼隆隆地忙着搅拌水泥,运走渣土,还有公园里,水波荡漾,柳枝翻飞,情侣们在花丛中拍照,散步,幸福地依偎在长椅上。我们在假梦筑就的城市里赶路,路上也有很多障碍物,都是临时设置的,不重要,城市里有个时代,也很临时,许多人在这个时代里一晃就过去了,所以我们得穿过这座城市和这个时代,才能到达一个不那么临时的,更早、更像开始的地方。但为什么要到那儿去,我却有些忘了。我问她,我们去哪儿?她说,去看大海呗。我说,哪个大海?太平洋?印度洋?地中海?北冰洋?还是大西洋?她说,都让你说了,不是这些海,你问得不对,反正是蓝色的,咸的,有鲸鱼,有火山,暴风雨,有海带,有日出,底下到处都是沉船的,不是大海是什么。我说哦,是这个大海啊,那不是在很远的地方吗?她说不远,看,穿过前面这片工地就快到了。

我们走进工地,其实也不是工地,因为并没有工人在干活,也没有楼房,水泥,沙子,脚手架这些,什么也没有,空荡荡的就像一个没有演员的舞台,连道具都给搬空了,作为舞台倒是很大,一眼望不到头。我觉得我们在不停地走,但并没有走出多远,她说可不能停啊,就是要走啊,反正绕不过去的,无论这里多么无聊,它也是你的一部分。我说我有这么无聊的一部分吗?她说每个人都有啊,每个人无聊的那一部分都像一个工地,或者一个大舞台。我说我们就不能在工地上干点什么吗,我是说,既然是个舞台,我们可以表演。她说,你不正在演吗,还要另外演个什么?她又说,其实在表演的同时,你还可以在这个地方做很多事,在别处不能做的那些事都可以在这里做,以及,如果你曾经做了什么不该做的事,那这里就是开始了。也可以这么理解,你的很多事情都是从这里开始的。你不是在写小说吗?你写了那么久,都没有写到这里?

的确，我望向四周，除了空空荡荡，还有一丝丝令人作呕的味道，那是焚烧塑料的味道，前方冒出几股黑烟，一个破轮胎蹿着火苗，一些人踩在自行车上，凑着脑袋，他们大声谈笑，互相扯着胳膊争着讲黄段子，都是些高中生水平的段子，一点也不好笑，但他们笑得就像一群猴子。他们每个人我都认识，但叫不上名字来，因为他们就像一副洗乱的牌，谁跟谁都分不太清。这是一个比喻，比喻并不能接近真相，但它对真相有效，因为真相自己是不显示的。就像你只能见到一条条路，而见不到曾经走过去的人。这又是一个比喻。她说，你呀你的比喻用得太多了。我说没办法啊，真相看不到嘛。她说连梦里也有好多比喻，你是比喻狂啊。我说是啊，有时候我都担心我会因为这个讨厌自己或被讨厌。她说可是为什么，从来没有性描写呢？我说性描写？有人喜欢吗？她说，也可以有的嘛，比喻的也行。我不好意思地笑了，也有点兴奋，因为这个梦开始与性有关了，我看着她，期待她继续，但她却把我往那帮人那里一推，我就顺理成章掏出烟来，一屁股坐在一个人的车后架上，双脚撑地，如同以前姗姗来迟，一人给他们甩一根烟，他们把烟一看，说，如今谁还抽这种牌子的烟啊。我也笑而不语，有人塞给我几块糖果，是以前那种几分钱一块的话梅糖，酸酸的，甜甜的，又酸酸的。我们抽着烟，他们说，简直不敢相信，我们这些人里有的已经死啦。我说谁死啦？就有人起身说我我我是我。我说你怎么死了呢？他说打牌欠了高利贷嘛，还不上，女友也分手了，吃了一瓶安眠药，还打开了煤气。我说原来是这样，你挺坚决啊。他说，我不坚决，我是绝望了，俗称想不开，喝了一瓶白酒，才走出那步，但有啥办法，实在是没有办法了。我说不过至少你永远年轻啦，你看他们个个都比你老。他说，嗨。

我问另一个长得像兔头的，你怎么样，你没死吧？他说我调工作了，提了一下，车也换了一辆，老婆还是那个，女儿也大了，幸福在哪里，幸福就在小朋友的眼睛里。啥时回来，请你吃兔头，好好喝点。我说，呵，遥遥无期，哦不不是无期，是有期，有期的，后会有期……酒我早戒了，你知道，我呆的那个地方最适合戒酒了。兔头说，你那点破事，真不想说你，现在知道了吧，本来是个交通意外，你一跑，性质就变了。幸好没出人命。法盲啊。我说，说啥都晚了，不说了。我把他们看了一个遍，问道，鲁智深呢？他怎么没在？又迟到了？鲁智深是个迟到大王，他总是有一千个理由用来迟到，其实都是在迟到的路上瞎编的。一个人说，老鲁再也不会迟到了，他比我们都先到了，你绝对想不到，他出家了，上了少林寺。另一人说不对，什么少林，是武当山，在河南。后头人说少林寺才在河南，你地理跟师娘学的？老鲁去的是小雷音寺，在西域，我送他上的车，老鲁啥也没带，就带了一本《西游记》，说要去西天取经，我看他是疯了。

又一人说，你还记得老好人儿吗？女里女气那个，他出国了，加拿大，大家拿，人家现在是访问学者。我说当然记得，老好人儿有一个复读机，天天抱着学英语，谁让咱们那时候都不好好学英语。大家一阵唏嘘，于是纷纷说起了英语，How are you! I am fine, and you? Me too! Are you sure? Of course! 但除了这几句，好像也不会说别的了。那个死人说，我记得你那时唱歌唱得挺好的，再给我们唱一个吧。我说，我还会唱歌？我都不记得了。他说，有一次我还跟你借过一张专辑，弄丢了，你催着我还，我进市里跑遍了音像店才买到一张，你却说不用赔了，谁让咱俩关系好，算了。咱俩关系好你早说啊,害我那天误了末班车,淋着雨从市里一路走回来的,连伞都没带,捡了张塑料布顶着,想起来跟做梦一样。有人就唱,梦中的小雨淅淅沥沥沥沥淅淅沥沥下不停……大家说,还是老歌好听,是谁的? 我说,这就是那张专辑里的歌,那个女歌手是我的少年洛莉塔,只出过这一张专辑,也没红。那死人说,你的洛莉塔,早成大妈了吧。我说不会,她跟你一样,永远年轻,十年前她就和她男友死在墨西哥边境了,被警察开枪打死了。她男朋友是个毒贩。我是不久前在一份禁毒宣传案例上偶然看到的。大家就一起发了会儿呆。有人又说,那边那女的谁呀,你带来的? 不错啊。我说不认识,路上遇到而已,搭个伴儿。他们说你小子有艳遇啦。我说,并不是你们想的那样。他们说我们想的哪样? 我说你们想的全是他妈的性描写嘛。他们全都哈哈大笑,接着燃烧的塑料味四散了,天空中掉下雨来,由细变密,风雨交加,就像每个风雨交加的夜晚,我们的头发衣服都被淋湿了,说话不得不大声喊叫,我说走啊,回去吧,还呆着干嘛? 他们说走你的吧,带着美女走吧! 我说你们呢? 他们说我们能走早走了,我们动不了啊,你以为我们在这儿讲笑话真有那么可笑吗,我们都讲了一万遍啦,但是除了不笑你就只能笑啊!我推推他们,果然像水泥一样,每个人都几乎是固定在那儿的,雨把他们的头发淋湿披在前额,嘴里叼的烟也全灭了。他们说这辆自行车你骑走吧,本来就是你的车子,铃盖被人拧走了,闸也松了,后轮有点漏气,会颠屁股的,别把美女颠坏了,让她带你吧!我只好说那我走了,再见吧伙伴们,再见了!再见,你这个混蛋!他们吹了几声口哨,完全不顾流进脖子里的雨水,就像是一些坚定的哨兵。对,我有这种感觉,他们就是我的哨兵嘛。你看,直到美女带着我走远,他们还在冲我敬礼呢。不过我没有还礼,我的手只能扶着美人的腰,她的腰挺得很直,从背部向下的曲线几乎是一个舒适完美的V字,她的腿也很有劲儿,车嗖嗖地向前飞驰,从这片工地的后门驶出,门口两边还有几个残缺的大字,一边是团结,一边是严肃。原来这不是什么工地,而是一个学校,风声雨声读书声,追赶着我们的车轮,那是同学们正在朗读杜甫的五言古诗《赠卫八处士》,我也能背,但刚跟着背了一句"夜雨剪春韭"就听不到了,遂作罢。

在经过一片浓雾弥漫的坑洼地带时,我们有点迷路,但很快又重新找到了方向,车子驶入一片新铺的柏油路,情况开始变好,有了梦幻般起伏的弧度,心脏上下飘忽,如飞机在云中颠簸。这个比喻没什么意思,实际上大多数比喻都是这样,都是临时的,就像警察在跳楼的人身边画出来的粉笔图形,很快就会模糊,算了,这还是个比喻。不过我已经闻到了海风味儿,舞台至此方到尽头,它也太大了。车子直冲过去,美人叫道,我捏不住闸了!我们赶忙跳下来,让自行车向前冲刺着自己栽倒在沙滩上,大海的声音一次次在前方止步,我们走过沙滩,站上防波堤,脚下堆满无数像是西西弗斯丢弃在这里的石碇,沙滩上拥挤着大人,孩子,渔民,游客,照相师傅,百折不挠的纪念品小贩,海上有热气球,快艇,有无人机,还有一个摩天轮,一半耸立在海面上,带着灯光和海带旋转,转到海底再转上来,像涮火锅一样。还有海上转椅,海上滑梯,海上迷宫,只少了一只满载海誓山盟的天鹅以及海上毛衣。我说,这不是儿童乐园吗?她说,你还记得儿童乐园啊,确实有点像哦。这时一个飘带一般的月亮在清澈的夜风中一波三折,闪动着银光变幻碎成千百片坠入海面,落啊落的落也落不完,我和美人肩并着肩,其实我之前并不知道她美不美,现在我看清了,她身上有我认识的一面,也有不认识的另一面,有既认识也不认识的一面,又有既不是认识也不是不认识的一面,但这些都不是她。我说,你不是刘丽。你是谁?她说,我不是刘丽?刘丽是谁?为什么我不是她?但你要是叫我刘丽我也会答应的。我就叫,刘丽?她笑了,说,要连叫三声。我就说,刘丽、刘丽、刘丽。她又笑了:你好像那个傻企鹅,太容易上当了。好了,不要当真,梦是当不得真的。梦也没有开始,也没有结束,没有真也没有假,这都不懂,还来做梦?看我沉默不语,她又说,不过,我还真的有样东西给你。说着就把一个活页夹子拍到我胸前。我说,怎么它在你这儿?她说,你猜。告诉你你也记不住,一醒就全忘了。此时海上金色梦幻的日出之轮已蒸蒸欲浮,我一看,知道时间不够,赶紧掏支笔使出速写大法把眼前的图像画下来,她歪着头在旁边看,还着急地说,这边少个气球,波浪不要画这么细,没时间了,你怎么把我背影画成企鹅了!哪来的毛衣啊,喂……这时候你加什么性描写!

难忘的人和不想遇见的人

刚才按了个暂停。这是新的一章。说说第二号人物吧。那是在一个雨夜,他来了,这个人,不知为什么,一来就住进了单间,有人说他是从别的名刹游方来挂单的,所以与众不同,连老方丈也高看一眼。那时我也才来不久,到了新地方,开始新生活,忘掉过去,但也忘不掉,其实大相国寺就是这样一个地方,你来了,就会学到三句话:过去心不可得,未来心不可得,现在心不可得。这三句话的背后并没有多余的话,三个否定句式,合起来也是一个否定句式,同时也没有主语,像三个无头勇士,或者一个勇士他失去了三个头。在大相国寺那边,谁都会说几句这种话,但他们都不是勇士,我也不是。我看第二号人物倒有点像。反对他的人常常说他:朽木不可雕也。也对,一些人眼中的勇士,往往是另一些人眼中的朽木,世界因此一分为二。我每天就是从一个唯二的世界里爬起来去扫地,过去地不可扫,未来地不可扫,现在地正在扫,扫向过去,扫出将来,哪一块又是现在地呢？但话也不是这么说，还是得扫，在扫地的时候，人就会变得很专一，大地茫茫，不知有多少像我这样的人在上面扫来扫去，一遍一遍，不改其乐。也不知最早是谁发明了扫地，扎了一把扫帚，就开始了这样一份工作。这是一份受人尊敬的工作，每个人见了我都不敢近身，凡是我没有去到的地方，虽千万人也都不愿踏足，前方若是有地雷，那我就会成为一位勇士。而第二号人物，他跟我说的第一句话就是：扫地的，地上看见有烟屁帮我捡几个呗。

后来他淡淡吸着烟屁，说，烟屁比烟好抽，尤其是这个牌子的，现在很少有人抽这个牌子了，难得啊。

有一阵，我捡过各种牌子的烟屁。大相国寺游人众多，南来北往，还有一些女士烟屁，还有爆珠的，前几天，我弄到个雪茄头，古巴的，第二号人物把它拆散了重新搓成一整支细烟，慢慢地吸了好久，烟雾升腾好像空中现出一部大胡子，想想在古巴，音乐叮当，海浪拍击，沙白风轻，这时要再来一个冰镇的杯子，倒入泡沫高耸的啤酒，那也是不虚此行。

你去过古巴吗?

我去过古巴。

你去古巴干什么?

去古巴买糖。

古巴很远啊。

万吨巨轮,走了一个满月。

买到糖了吗?

还用一双阿迪换了一箱雪茄。

回来又走了一个月?

没有。把糖卖到了挪威。

然后呢?

装了一船三文鱼,都是活的。

再卖到古巴?

拎拎清,古巴就在海上。

也没有再去过古巴?

没有人要买糖了。跑船就这点不好,你不能买自己想买的东西,只能买别人想买的东西。我在新加坡就下船了。

后来呢?

你这样问,故事就讲不完了。你应当问,我是怎么来的。

你是怎么来的?

和你一样啊。你是怎么来的?

那也是个讲不完的故事。

从前有个故事,它一直没讲完,这是个悲剧。

喜剧呢?

有个和它一样的故事,它也说它讲不完。

现在我知道那些历史上人们的对话是怎么回事了,一定得有其中一方回家后马上把它记下来,才会有这场对话。当然那个人就是我。不过我也只记了这一场对话,还有几次忘了记的,只余零星片语,随风而去。人们见我和他走得近,都来盗走我的活页夹子偷看,看得最认真的是老方丈,他戴上老花眼镜,捧起这件宝贝,沾着口水一页一页翻,想找出些蛛丝马迹。那时第二号人物已经走了,幸好走之前的对话我就没记,而是打了个问号,问号后面是个叹号,接着又是个问号。老方丈问盗夹子的人,这是什么? 盗夹者耸耸肩膀,轻轻地像咬着空气一样说,要不要把他叫来问问?老方丈摆摆手:但去莫复问,物归原主吧。他摘掉眼镜,叼着眼镜腿,窗外的世界像个巨大的水晶球,球体上荡漾的群山,无明的云雨,山后的平原,平原上的火堆,几千个火堆,烧尽后洒进地里,以待来年,湿润的公路一条条,在树木夹持中四下飞奔,每一条路上都有无数离开的人,离开然后回来,也许回来了又再离开,也像一个个讲不完的故事,悲喜不同时。

第二号人物最后一次离开,是在一夜风雨中,和他来时一样。那晚柴房失火,老方丈拿起电话,一个电话把救护车叫来了,第二个电话才把救火车叫来。但为时已晚,风雨中木柴熊熊燃烧,都烧成了木炭,消防队员支起水龙,爱莫能助地往木炭上喷水,医生和护士收回担架,插着白大褂的衣襟看司机跟老方丈砍价,混乱中没人知道第二号人物是怎么走掉的,也许像他们说的一样,他溜进了救护车,躺在担架上,蒙上白布单,等救护车开出好久,可能都开进了医院,他才突然一下坐起来,把医生和护士吓得不轻。当然,这里一定借用了一些电影画面,但电影也不是凭空捏造,电影也是从现实中借用的,在现实中,谁不知道,要想蹭车下山,救护车可是比消防车舒服多了。

雨一直下,风雨交加,上山打柴的事一拖再拖,青山在而没柴烧,天天烧木炭,木炭也快撑不住了,炭犹如此,人何以堪。柴头每天见了灶头,就一扭脖装作不认识,在房檐底下一溜小跑。老方丈很忙,他天天往外打电话,想搞一点炭来,他现在学会了使用免提功能,往下一按,那头马上有一个脆黄瓜般的声音响起来:射门!又进了!中国队现在0比……

或者:请用黄河牌榨汁机!请用黄河牌榨汁机!请用黄河牌榨汁机!

或者……别或者了,情况是这样的,这部电话不知道跟哪里串了,总是搭错线,就连打给电话局报修的电话,也串到了一个钢铁厂,钢花四溅的声音,电焊的声音,大铁锭被拦腰斩断的冷峻的声音,统统打包在咱们工人有力量的歌声里,催人猛醒,反正那就是一种前进的声音,让我在扫地时也不由得加快了步伐。

当然我们都是偶尔路过偷听到的,禅房花木深,那像是来自另一个世界的声音,另一个世界也在这个世界上,只不过你无法跟它对话而已。而在我们这边,大家能做的就只有对话,话题总是从打柴开始,以打柴归来告终。大家都说,打柴也是一种修炼,运水搬柴即是神通妙道,多少前贤大德,便是在打柴中顿悟,我是谁,这是哪,我在这里干什么,心如明镜台,一切放下,再不拿起来,连不拿起来也放下,哇啦哇啦……我是想说,我们就像是坐在一个悬崖上谈论打柴的,摇摇欲坠,巍乎高哉,虽然我们实际上不过是坐在屋檐下,筛着陈米,挑出米里的小虫,丢进雨中。有些小虫会用它的排泄物把几粒米粘起来,做成一个宫殿,整天在宫里圆满自足,一座宫殿吃空了,就换一座宫殿。它大概也听到宫外一群人在谈着打柴,然后宫殿就飞了起来,落在一片浩渺的水面上,这里已挤满了宫殿,而不像从前宫殿与宫殿之间隔着许多遥远的米。宫殿进水了,要沉了,连同好多住不起宫殿的穷虫,都在水里挣扎,而外面那群人还在谈打柴,他们已经谈了一整天,现在又回到原点:这雨什么时候才停啊。事情就是这么复杂,又平淡无奇。在大相国寺那边,一切对话也像这些陈米,谁都知道没有滋味,但每一句话都要被说出来,不管有没有人听得进去。有时你会觉得大相国寺可能被什么卡住了,雨水盛在乌云中,像妖怪的黑衣,弹落柔软的琴弦,从饭堂到茅房,落在每一个人身上,让凌微都有点不那么好使,连墙壁都又湿又沉,穿起来有点费劲。

有时为了避雨,我就去小镇走一遭,只待一会儿。镇上空气清新,阳光万丈,磨面厂里腾腾腾地飞出阵阵白雾,有如仙境一般,有如仙境,但也不是仙境,正如小仙女,不过是一堆水泥。三个疯子不知死到哪里去了。在广场前,有一些人正奔跑着追赶公共汽车,我曾经也和他们一样,跟在车子后面慌张奔走,有人还在背后拽我,把我拽倒,那时,我就这样倒在小镇唯一的柏油马路上,眼睁睁横看小镇,就像一支掉在地上的冰棍,我又多躺了一会儿,仿佛已经融化,柏油很烫,路很漫长,每天都有一些人沿着这条路离开小镇,或是又回到这里,汽车上拉满了人,再也塞不进去了,背后的群山摇晃着追赶一段儿,等汽车逃远方才安静下来,密林随风作浪逐山而去,浓雾就像一些失去目标的追求者,从早到晚徘徜在群山之巅，那里只是隐约有一些闪电。

现在我对小镇越来越熟悉了，或许它并没怎么变过，虽然看上去很不一样，但最原始的那些东西都没动，它们只是好像被人永远忘在了那里。比如这个洞，它居然还在这儿，洞里有一个人，还是个孩子，他掉了进去，正眼巴巴地往上看着，不知哪个王八蛋把井盖偷走了，让他一脚踩空。幸好洞里是干燥的，只有一些暖气管道，脚下可以踩到臭烘烘的垃圾，在黑暗中向两边延伸。这让我不禁想起来，我曾经也是个洞里人，很久以前我也掉进过同一个洞里，因为也有一个王八蛋偷走了井盖，更有可能，那是同一个王八蛋，因为井盖从那时起就一直没有补上。那天我掉进洞中，眼冒金星，磕破了鼻子，但也没有喊救命，往上爬了几次，但都差一点，渐渐放弃了，但也没有绝望，仿佛难得有段时间坐井观天，直到观不动了，脖子变酸，终于有一个路过的小伙把我拉了上去。他帮我拍净身上的土，好心责备了我几句，还把我送回了家。后来的事记不清了。我不知道他为什么会留意这个洞，也许他曾经也掉进来过，然后也有一个比他大一点的孩子救了他。这样说来，这个洞里的故事都是相似的。

  现在,我就看着那个洞里的孩子,他的鼻子也破了,血在脸上结成了痂,我说,你怎么掉进去?他说我正在练月球漫步,一转身没注意就踩空了。我说啥是月球漫步?他说杰克逊啊,你没跳过霹雳?我说霹雳?什么霹雳,是广场舞吗?他有点不耐烦地说,没听过算了,你快把我拉上去。于是我一伸手把他拉了上来,如此简单,连我也吃了一惊。他的脚崴了。我说,天快黑了,你家在哪儿,我送你回去。走得动吗?来,我背你吧。于是我背着少年,按照他的指点,我们走进一片全是六层楼房的街区,我边走边步步惊心,原来走进这里竟是这样简单,每一处场面都毫无变化,包括所有陈旧的街角,那些生锈的招牌,晒黑的小贩,每一片树叶,胡乱连接的电线,熟悉得让我汗毛倒竖。我们走到一排楼房临街的一头,他说就这儿,我到了,让我下来!我说哪个门啊?他说就这个阳台,一楼。我不由地说这不是我家吗?他说怎么会是你家,明明是我家。说着一瘸一拐去拍门,门一开,我妈先出来了,叫道,又跟谁打架了,鼻子都破了!少年说,我掉进了暖气洞,这人送我回来的。这时我爸也出来了，跟我妈一起打量着我说，哦，感谢感谢，孩子淘气，给您添麻烦了。我妈也说，进家坐坐，喝口水！我本来不想进去的，我想把这事赶快写在活页夹子上，事情太突然，稍纵即逝啊。不过我还想看看我姐，就进去了，大概我爸妈也没想到这人倒不客气，让进家就真的进了家，他们关上门，还有点小紧张，我妈说，倒水！我爸看我一眼，取了一个杯子，那杯子就是平时我用的，玻璃上刻着红蓝双色的棱形条纹，手摸上去是一条条旋转的砂面。我在门厅的折叠桌旁坐下，桌子是我们每天吃饭和相聚的地方，上面摆着凉水瓶，一个破闹钟，里头有一只小鸡在啄米，但我过了很久才晓得那里并没有米。桌子擦得很马虎，还有一股中午饭的味儿和几滴干巴巴的汤渍，一看就是我爸干的活。我姐不在家，她去参加夏令营了。我妈问，您哪个单位的？贵姓？你说这孩子，成天放了学不回家，多亏遇上你，我给你们领导写封感谢信！我说不用不用，这都是我应该做的！我爸说，太谦虚了，一看就像个大学生，喝水喝水。然后他也没话了，屋里一阵沉默，我想我该走了，但还是坐着没动。少年洗了脸，自己找了瓶紫药水在脚腕破口上用棉签涂抹，站起身试着走了一下，倒吸一口凉气又坐回沙发上，表情夸张，仿佛昨日重现。我轻轻一笑，便起身说，那不打扰了，我还有事，您留步！我妈指着少年说，等会儿再跟你算账，净给人添麻烦！我说没事没事，主要是那个井盖被人偷走了！我妈又骂偷井盖的不是人，社会风气差。我爸就没再送我。我客气了几句，我妈才带着笑脸把门关上。门轴的弹簧吱呀作响，可能是该上点油了。楼道对门传出一个老头咳嗽的声音，他的化痰大法可是如雷贯耳，醍醐灌顶，我赶紧一步抢出楼门，阳台上，我爸正从玻璃内有意无意地瞟着外面，就在那台嗡嗡作响的破冰箱旁边，他又用剪刀裁下一条过期的花枝。

是的没变，一点没变，月球下的小镇之夜静悄悄，一些两层楼房，一些四层楼房，一些平房，变电所，打烊的铺子，几家发廊，一些黑暗中的垃圾堆，臭味依旧，那边是一架台球桌，在路灯下，几个少年正比比划划趴着打球，我虽非衣锦还乡，但也不免有点得意起来，这正是我们日日厮混的那张老球桌啊。我走近看了一会儿，球桌呢面饱经风霜，破洞斑斑，球滚来滚去，全靠巧合、变形和大力出奇迹。我看得手痒,对那个处于劣势的少年说,让我来一杆怎么样,帮你进两个。他莫明其妙地望我一眼,没说话,把杆子慢慢靠过来。对手是个大孩子,很不高兴地瞪着我,我也不管那么多,桌边有一个用秃了的破壳粉,我拿过来认真地抹了两下杆头,先轻轻把最近的球收掉,看着白球弹上底边,绕过对方的两个球,正好停在可以打下一个球的位置,这是一个长线路的直球,可以打出非常漂亮的脆响,尽管他们不大情愿,但也嘟囔了几声"好球"。然后是一个贴库球,它慢慢地小心翼翼地溜着桌边进去了,我出一口气,开始对付那个藏起来的黄色球,加一点旋转,把它勾出来,它在半路上碰上了黑球,变线进入中袋。现在黑球是我的了,我问那孩子,我打还是你打?他看着气呼呼的对手,不吭声,我把黑球打进去,把球杆直接放在桌上。他们就撅着嘴,绕过球桌,掏出袋子里的球,默默地把剩下的球收拢,用胳膊围起向前一推推成三角形。然后他们拿起了球杆,却没人开球,都抱着杆站在那儿,好像一致决定要等我离开以后,才继续属于自己的游戏。我就笑了一笑,离开了。这件事我没有记在夹子上。事实上这是被我遗忘的不多的几件事情之一，算是小镇遗事吧。但后来当我偶然读到一本小说的时候，发现那个长得像只灰鸽子的美国佬倒也描述了同样的一件趣事，只不过他很聪明地把台球换成了篮球，我一看那本小说的开头，有如触电，立刻就对这位老作家高山仰止，他记住了被我遗忘的事，我理应向他致敬并将前事补缀如初。

那天回到大相国寺，我有点失眠，因为我在退出小镇之前，又看见了黄大律师，黄大律师本身不会让我失眠，但是在他的狗提兔子上，却坐着一个让我失眠的人。那部狗提兔子我也坐过，恰似蹦迪，还用一个车载小喇叭放着充满动感的狗屁音乐，坐上去的人没有不笑逐颜开的，因为颠得根本合不上嘴。这让我觉得黄大律师是本镇最具影响力的DJ，你只要一听到那种音乐就知道黄大律师来了，或者又到什么地方去了。那只神奇的喇叭还能放出一种救火车的笛声，一种救护车的笛声，一种警车开道的笛声，所以你不要动不动就以为哪里失火了，坏人逃跑了，或是有人要嗝屁，没有这种事，那统统是狗提兔子急急如律在奔驰。小镇嘛还并不是一个危机四伏的小镇,而是一个安定团结的小镇,虽然也有火灾、嗝屁和追捕,但那些都发生在几乎看不见的地方,人们看见的只有狗提兔子,也就是一些假火灾,假追捕,假嗝屁。因为这就是生活嘛。狗提兔子的悲惨命运以后还会提及,但那一刻当我看到坐在上面的人,却像一脚踩到了地雷,钉在原地,路灯下,我看到了她,她也看到了我,还笑逐颜开地冲我点着头,我当然知道,那只是一种乘客级的被规定的物理笑容,她的眼神和我相对一瞥之后,并没有多作停留,依然笑着看向别的人,别的地方。我要说的是,这个情景就只是一闪,一闪之间她好像在跟我说,去看大海啊。然后,我们也就分别各自远去了。

　　黄大律师不是律师,他就叫黄律师,上次我在排骨王吃面,在"甜蜜蜜"的歌声里,王大老板拼命劝我来份排骨王,我说我就要面,他说来一份排骨王吧,这个菜走得特别好。我说我吃不了。他说来份尝尝嘛,排骨王不错的,啊,给你打个八折!我说下回下回,先来碗面,快一点。王大老板悲伤地看着我,一绺头发从额前倒栽下来,这时弹簧门响春风起,只见一根烤肠戳在一个厚嘴唇里撞过门帘,王大老板丢开我,转身上去一把夺了烤肠,指着墙上说,睁开你的瞎眼看看,这上写的啥,本、店、谢、绝、自、带、食、品!你瞎啊?厚嘴唇一笑,轻轻把烤肠拖回去说,谢啥谢,不用谢!我又不在吃,我就是来看看,这生意咋这么清淡!王大老板也笑了,说,你到底吃不吃饭,不吃滚蛋!厚嘴唇嗫着烤肠,用手左右抹抹桌子,说,卫生不达标啊!拿起醋瓶:这水里兑了几滴醋,你可是穷疯了?王大老板手插着兜往地上吐了一口,忽然想起什么来,往后厨喊:哎,来碗面,快一点!厚嘴唇冲我说,小心啦,这可是个黑店,上次还少找我十块钱!王大老板用肚子顶着他往门口拱,说狗日的,你还没完了,谁看见了,啥十块钱!黄大律师被他顶得转过来转过去,徒劳地一遍遍抗议:这事没完,你干啥,别想赖,你这个奸商卖国贼,你的罪行已经暴露了,公安局马上就来抓你来了,局长都说,看这个王大骗子,干了多少坏事,扳着指头都数不清,不除不足以平民愤!王大老板说你个大法盲,你还有脸叫黄律师,要抓也抓你这个黄贩子,一天到晚卖黄盘,把黄盘交出来!说着一招老树盘根,扭住黄大律师两个手搜身,黄大律师左支右绌,半根烤肠在脚底踩成了馅儿,果然被王大老板搜出一叠光盘,王得意极了,把光盘一张一张像扑克一样抽出来在他头上打:这是啥,一夜风流?这是啥,欧美少女?这是啥,亚洲秘书?你这个国际大流氓,我叫你视察卫生,我水里就兑醋了,你去报警啊!

这时我已经吃完了面,点上一根烟,眼看着黄大律师败下阵来,拾起手套说不玩了不玩了,十块钱算了,片子还我,你忙去吧!王大老板成功地一笑,把光盘丢到柜台里说,没收了!黄说别呀,我还一张没卖呢。王大老板闭着眼说,少废话,你到底吃不吃饭?黄大律师就堆笑说这事闹的,你看,我早上就没吃饭,拉了好几个活儿,也该饿了,我本来就是来吃饭的……行行,我代表人民来碗面!王大老板说吃面?晚了,吃面不解决问题了!必须来份排骨王!说罢拍着柜台冲后厨喊,听见没,排骨王大份,多放点毒药!不怕花钱!

苍茫久

也许仅仅拥有一架狗提兔子就能做到无处不在。每当我去小镇避雨,都可以看见黄大律师,而回回他也不虚此行,不是拉着一个让我难忘的人,就是拉着一个我不想遇见的人,有时他们竟是同一种人,让我既难忘又不想遇见。当然了,他们都不会认得我,因为每次穿墙进入小镇,就像随手翻开书中的一页,这次是一百页,下次是二十页,再下次却是一百二十页,所以我也不知道这一次和下一次,到底会遇见哪些难忘到什么程度以及怎样才算不想遇见的谁。你也可以说,我是在重新经历经历过的一切之背面,但往往也能发现一些新东西。比如眼前这位老同学,他勇敢地直穿马路,好多车都不得不为他刹停,冲他丢出各种伴着响亮号角的咒语。他长高了,比我还高一点,带着一种男孩们刚开始拥有肌肉时的粗重之气。黄大律师经过时就喊:张良!……张良!你去哪,我捎你一段哪?张良根本不理他。他又无所谓地笑着说:张良张良,上次我还拉过你姐,听说追你姐的人可多了，听说你姐……张良把书包斜挎上，弯腰捡起一块石子，丢掉，又捡了一块大点的，黄大律师赶紧一轰油门说你看你，我也是听别人说的……话音未落叼起烤肠冒股烟就蹿了出去，张良一动不动，等他冻次大次开出十来米，掂掂石子，一招流星赶月，当的一声，狗提兔子歪了一下，随即又正过来，在前方飘满云彩的地球上跑得更快了。

半截烤肠掉在路边，被我一脚踢走。还有一张黄盘，会被另一个人捡去。我不能在小镇久留，但有时也会忘乎所以待到日落，黄昏漫漫，一切都抹上一层美好的遗憾的迟到的光辉，仿佛奔马离去时最后闪亮的一瞥。小镇也终于松了口气，放出烧烤摊上呛人的烟雾，发廊的歌声，小卡车上内裤丝袜大甩卖的促销声，一些摩托车不顾死活地轰着油门，左右驰骋。我不远不近跟在张良身后，他带领我经过一个满地菜叶的自由市场，又一次走向那片挤满一幢幢六层楼房的街区。顾名思义，这个市场卖什么的都有，在买和卖之间，是一条条人缝儿，任你自由地穿行。现在小镇到处都在动工挖沟，铺设管道，到处是穿着蒙尘的迷彩服的农民工人，他们脸抹白灰夹着铁锹的样子倒颇像一群秦朝人，或者也可以说是秦朝的过来人，陈胜，吴广，张耳，陈余，韩信，英布，樊哙，彭越，范喜良，每一张脸都可以安上一个类似的名字。他们走过街边排得长长的小饭摊，迟疑不决地挑选着，看来晚餐打算改善一下。饭摊上忙活的则像是一些真正的汉朝人，周勃，贾谊，邓通，公孙述，刘秀，窦融，岑彭，吴汉，张俭，他们抹桌洗碗，舀汤下面，在一块块油腻的围裙上不停擦手，包着包子，包着馄饨，包着包着，我仿佛看见一阵风来，连他们也一起吹走，变成一件件剪纸作品飘落在地，然后是连绵秋雨，迭次大雪，一夜春潮，树换新衣，中间又插入许多像是纹丝不动的晴天，当然这都是些过去已死的瞬间，无法再真正打开了，你只能像用拇指快速掠过书角一样，看到人们的衣服和面貌在变来变去，但也都是些过去的衣服和面貌了。此刻，这些拥挤的旧衣挡在我前后，不见张良，情急之下，我就喊了出来：张良！前方隔着十几件衣服，一件蓝色校服定住了，我装作若无其事，走到他身边时，他迟疑地看着我说，谁喊我，你喊的？我也看他一眼说，你叫张良？你也叫张良？哎，到处都是叫张良的，莫非你认得我？他摇摇头。我说那你瞎答应啥，以后听清了再答应，我叫的张良是个大胖子。说着我又往前边喊了一声，张良！果然有个胖子回头看了一眼。我就虚指一指，正想溜，张良却说，哎，你等一下。我转过身，他把手伸进书包，好像捏住了什么东西，用那种生瓜蛋子的眼神盯住我说：你刚才说啥？你再说一遍。我说，为啥要再说一遍？他说，不为啥，你就再说一遍我听听。我说，再说一遍也一样，刚才那遍不就挺好？你可知道王羲之？他写兰亭序，酒醒后再写一遍，怎么也不如第一遍好，知道为啥？因为第一遍就是原来，什么都不如原来。你看，一生二，二生不了一，二只能生三，我要是再说一遍，然后再说一遍，又会怎样？话说三遍淡如水，你觉得呢？

说完我对他微微一笑，我的话大概像一柄拂尘一样弄得他有点晕。我是想逗逗这位老同学，我们曾经好得穿一条裤子，他家就在我家后边两排，也是一层，临街的阳台开了个小卖铺，窗口支出一块搁板，摆个公用电话，底下有把破椅子，经常有人站在椅子上打电话。再往前就是铁道路口，杆起杆落，尘土飞扬，人们脚踩松沓的石子过来过去，出现或消失在铁路彼岸一道砖墙的豁口后面。似乎人人都喜欢跨过那个豁口,扛着行李箱,挟起自行车,牵着孩子,仿佛是去了另一个世界,或再次归来。但豁口那边到底又是个什么样的仙境我可没时间想了,只记得那道砖墙,像长城一样长,沿着铁道远去,上面刷的标语大致有:专业轴承、吊车租赁、玉米种子、饲料状元、养猪致富、超生可耻、电缆无铜、盗窃有罪、严禁穿越、高压危险,有时实在没的写了,还会出现一段"家是安宁的港湾"之类的屁话,不过要是走到"安宁的港湾"那儿,也就快要走出小镇了,我可不想到那儿去,因为那边是一片墓地,如果我没记错,儿童乐园的"老毛线"和其他许多人就埋在那里。虽说我早就不怕他了,但也犯不着跑去看他啊。此刻,张良不再剑拔弩张,但也没有认出我是谁,这样刚刚好,事隔多年,我还是请他抽支烟吧,我掏出了烟盒,遗憾的是只剩一支了,我只好说:小同学,别误会,我是来旅游的,到此一游,我的导游跑丢了,哈哈,他是个笨蛋。你有火儿吗?

张良从书包中慢慢抽出手,原来他假装握着的武器正是一盒火柴,他不大情愿地划着了火,给我点上烟,我呢,就像从前那样,在他手上轻敲两下,做为答谢,不知为什么,又语重心长地加上一句:好好学习,天天向上,快回家吃饭去吧。

现在,是我走在前边,张良远远地跟着我。我们的位置变了,他对我产生了好奇,这让我情何以堪,我还能跟他说点啥呢,亮明身份,从大相国寺那边说起?什么是不重要的和更不重要的,聊聊老方丈和第二号人物,大剩人是谁,凌微屁话,厕所和钱,V字传说,穿墙术之每个人都去了不一样的地方,说啥他都不会信的。我总不能真的从怀里掏出两卷兵法传授给他吧,我自己也没有啊。我站在铁道口,踩着起伏不定的石子,铃声阵阵,当里个当,正有一列火车开过,是拉煤的,黑乎乎的风声和拐子一样单调重复的压道声干燥依然,车皮之间的空隙不停带走飞逝又不动的光芒,最后车尾收起一股风席卷而去,道杆抬高,对面也站着一群人,就像刚刚被放出来的一样,神情苦闷,随身带着各种不值一提的东西,也不知谁先迈出了第一步,双方就像交换战俘那样沉默着面对面跨过铁道。回头看,张良已经不见了。我跟上人群,越过铁道,跨过那个豁口,这一跨,小镇也就完整地退回到了铁路另一边。原来豁口这边也不是什么仙境,这就是我从前逃学时经常坐着发呆的地方,墙后有一面土坡,半掩着一个古老的混凝土碉堡,前边一片杂树林,穿过树林是一片棚户区,过来的人就像剪径强人一样纷纷消失在树林中,只剩下我一个顺着土坡爬上墙头。这让我头一回感到,我是谁对于小镇毫不重要,没有我的小镇更像它自己,而我只不过是到此一游。天色将晚,小镇像被一只手按着浸入半透明的暮色里,到处都亮起了灯,家家户户都在做饭,对面,张良家阳台灯光昏暗,货架上摆的都是些陈年旧货,方便面,手纸,脸盆,水果罐头,喝不死人的饮料,不知为什么放不坏的面包,廉价文具和糖果,阳台与客厅是打通的,中间用货架隔开,隔断处挂半截门帘,一盏日光灯照亮了另一半客厅,门帘下露出半张桌子,刘丽的背影出现了,她盛了一碗饭,甩着马尾坐下,张良和父母坐在看不见的另一端,几只手一次次伸出来夹着菜,像一种在场证明。刘丽吃得很慢,边吃边抬头看电视,她爸肯定又要喝一杯,弄一碟香肠,喝得文雅,一句话不说,也不知在想什么。张良姓张,刘丽姓刘,他们的父母是二婚。不过这不重要。重要的是他家的饭香味儿,一直还保存在我记忆中。和张良形影不离的那几年,我常去他家蹭饭,别人家的饭香和他们房间里的气息一样,都不属于你,但是只有你能领会到其中的奥妙。这套两居室里的每个人都各自占据一片空间,移动来去,以我的位置为中心,闭上眼,他们就像一股旋涡,时而把我吸向他,她,他或他,时而又排斥着我,把我推向她,他,她或他。我是一个外人,但我在这个家里好像也有一个位置,一个微不足道的位置,是临时的,也是多余的。没有我的时候,他们的位置就好似不再移动,像一道幽谷中的几条树影,被不知来自何方的夜晚包围着,有时随风而动,有时让你永远不知道他们还要不要再动起来。饭后,那个有日光灯的半拉客厅空着,好一阵儿,刘丽房间的台灯亮了,她走到窗边拉上了窗帘。

只有一次趁她不在,我进过刘丽的房间,很小,一张床一张桌子一个衣柜一个书架,跟我姐的房间格局一样,只不过里边全是刘丽的东西。我也是头一次见到这么多属于刘丽的东西,就好像在参观一个小型的刘丽博物馆,刘丽的画报,刘丽的布袋熊,刘丽的梳子上刘丽的黑发,能照见刘丽的镜子,刘丽的橡皮筋,刘丽的发带,刘丽的雨伞和雨衣雨鞋，刘丽的英语词典，刘丽的复读机，刘丽的小说，桌上摆着一摞书，正在看的是一本叫《情感教育》的，作者叫福楼拜，书签插在197页，打开，我读出了第一行：梦不是个个兑现的。张良在门口说，别做梦了，快出来，她有洁癖，被发现你就死定了。

那天刘丽从外面回来，羽绒服冰凉，她站在门口用手套拍着帽子和围巾上的雪，对，那是个大雪天，她和同学滑冰去了，冰场是新开的，冰鞋也新，本来她叫我也去，但张良小考作弊，被罚抄《岳阳楼记》，一百遍，我只好留下来帮他抄。在大雪中抄《岳阳楼记》，想着滑冰场上的溜冰圆舞曲，你追我赶，风驰电掣，也真是有点先天下之忧而忧。刘丽看到我就笑，说抄完了么，范仲淹？我说，抄了二十遍，我范仲淹实在抄不动了。她就说，该。你这是交友不慎，以后注意啊。我说怎么注意？她却做个鬼脸，把门一关进屋了。张妈刘爸也买菜回来了，厨房里响声阵阵，一股鸡蛋、蘑菇、黄花、木耳和酱油汤的味儿飘过来，那是个幸福、寒冷、平淡无奇的星期天，不断有人来阳台窗口下买东西，香烟啦、白酒啦、火腿肠啦、虾条啦，都是几块钱几块钱的进项，没什么惊喜，张良做起这些来比做作业熟练，他老说将来他要开一家超市，这样就不用上班了，反正他也考不上大学。我也考不上大学，我想开的是一家酒吧，名字我都想好了，就叫"劳拉酒吧"。张良问劳拉是谁，我说，是个法国女明星，她来中国演过一部电影，后来回到法国，就失踪了。找了好几年都没消息，是一个牧羊人偶然在山谷里发现了她的尸体，已成了一具白骨，才二十三岁。张良缩缩舌头说，破案了吗？我说，法国警察那么笨，当然是无头案了。后来请了福尔摩斯来，带着华生一通查找，发现是她男友干的，谋财害命。张良还说，为什么啊。刘丽撩开帘子说了一句，他就会胡扯，你倒会瞎接，我看你也挺像华生的，过来拿碗，开饭了。

那天吃的是打卤面，桌上有西红柿炒青椒，有干煸豆角，还有可乐鸡翅，我想起来了，当时我们这片家属楼要拆迁了，到处墙上都画着大大的拆字。但是此刻坐在墙头，我却死活想不起我家搬到哪里去了，只记得刘丽家搬到了离县城更近的地方。记忆是个奇怪的朋友，他自远方而来，却往往在快要到达时去了别处，只剩下一些更具体的无关紧要的画面，日常而普通，放在哪天都可以，比如吃面时，我和张良都拒绝吃黄花菜，刘丽就用筷子敲着碗说，你们两个难兄难弟，退班一块退，连挑食都一样挑，不吃给我，我爱吃。张妈淡淡地说不许用筷子敲碗，没规矩。刘爸也说，干啥又跑去滑冰，说了不让你去，那去滑冰的什么人没有，没啥好人。刘丽不敢吱声，低着头悄悄从我碗里夹走了她的爱，那时我知道在不久的将来，或许下一秒，我也会爱上这种百合科萱草属多年生草本宿科植物的花蕾。我还知道，如果不是大人在场，当时我就会把它们全给抢回来的，像解救被绑架的人质平安归来，从此生活与众不同。但是这当然都没发生。就像此刻，你来到某个平淡的傍晚，只能坐在外面的昏黑世界中，对着幽谷般的窗口，你能看到她一边吃饭，一边对着电视在笑，却看不到电视里发生了什么，所以她的笑，也与你无关。我是说我。哦，只有一次，我竟然梦见了她，和她并排坐在一起看电视，不知看到了什么就一起笑，她先笑，我后笑，再一起笑，是为了同一个原因而笑，最终我是笑醒的，我枕在坚硬大炕的炕头上还独自又笑了一会儿，我不需要知道在笑什么，因为笑本身就是那个什么，哪怕光是看看电视里的天气预报也行,为明天下雨而笑,为明天下雪而笑,为晴朗的天空和日出,为多云转阴,雷电预警,浓雾弥漫,十一级狂风,火山海啸,突发地震,那时我就可以带着她从一个早该被毁灭却迟迟不动的世界中穿墙而过。

刘丽的窗帘是蓝色的,台灯给它映上一层淡绿色的光晕,小镇上的灯光和行人在减少,当然也有一些灯火是固定不灭的,一列火车悄然开过,我不知道时间,不过一定很晚了,过了一会儿,灯灭了。整幢楼都黑了。有幽幽的风声过耳,我也起身,移动着麻木的双脚离去,对于这趟旧地重游,我倒没有什么遗憾和不舍的,只是又一次感到自己对于小镇是多么无足轻重,让人伤心又如释重负。

我是和一个少年一前一后走下土坡的,对,他比我先到,一直就在土坡另一端,孤独地盯着同一道窗口,这本来就是他的地盘嘛。他轻快的身影超过我,跳过铁道,我们踩着嚓嚓作响的石子,步调有如赋格,少年经过两幢楼,走到我家阳台窗下,灯也都黑了,他跳起来看了看,接着就被一阵暴风般的老年咳声吸入楼道。但我不得不站在那儿多看了半分钟，等他悄悄开了门，轻轻关上，房间亮起了灯，我才离开。在回去的路上，小食堂那边竟还灯红酒绿，三层楼尖顶上的三块窗玻璃红得就像二十几块钱的葡萄酒瓶，酒瓶里有三个疯子，他们不动声色地看着整个小镇，眼神分别是好奇、蔑视和欢迎光临，好奇看见性价比走出蒙娜丽莎洗脚房往街上倒了一盆脏水；蔑视看见黄大律师拉着两个妞，冻次大次狂颠着不知去向何方；欢迎光临目送毛大所长在晚风中伸出手追逐假发滚过马路后顺便拾起一张黄盘，性价比闪身进门之前还冲着整个小镇也包括他晃了下膀子。

当然，我对这些并无留恋，穿墙而来，凌微而去，见我所见，一切难忘以及不想遇见，然后我就离去，就当没有来过。而所谓离去，也只是暮色苍茫中凌微般的一闪，在我迈着凌波微步返回大相国寺的途中。

暮色不论多苍茫，大相国寺那边雨也停了，只有山涛滚滚，载动巨石在深谷中隐没远去。我太累了，顾不上饿，穿过墙来，直接摸到大炕上，左右挤挤，倒车入库，也不知上面睡着多少人，被子都有点不够用，睡着睡着就有人伸出手来抢你的被子，当然你也可以抢别人的被子,还有人在睡梦中为捍卫被子进行无声的打斗,招式百转千回,内力比拼殆尽,被子上尘灰四起,脸上却酣笑如饴,打完收功,各持一端,缩头消失在茫茫的被子里。

砍柴剧本 上

从前有一个青年去砍柴,在山里迷路,遇到两个神仙下棋,他就站在一边看,等棋下完,再找斧子,发现斧柄已烂掉,回到家,妻子早去世了,儿子都须发全白,他却还是那个年轻人。曾经有一个砍柴剧本是这样的。这个剧本还有好多种写法,也不知谁抄谁的,我现在抄的也不知是谁的,是不是原始剧本,可能不是,也许还有更原始的。比如,从前有一个人去砍柴,他没有砍到柴,而是睡了一觉,回到家,就给他太太讲,说他在山里迷路,遇上两个下棋的神仙,他就站在一边看,等棋下完,发现斧柄已烂掉,斧刃都氧化了,只好回来。当然了,这个剧本也不是最初的。所谓剧本无非如此,忽然天地间有这一件事,你也不知道这件事哪里来的,这件事的开头都差不多,但能让这个开头开头的又是哪里来的,那就无穷无尽了,你钻进图书馆,再从另一头钻出来,也未必找得到。有人说,你们都是迷惘的一代。说得不错。就像你突然发现开门时门轴响了一声,你不记得以前它这样响过,但从此那个门就每次都会响。这个响声也是有来头的,这个响声也不是第一响,当然也不是最后一响。罗马不是一天建成的,荷马史诗不是一个人吟唱的,这个门也不是只有我一个人开开关关才突然有这一响嘛。一定有许多人建了罗马,许多人吟唱了荷马,许多人开过这道门,还有许多人同样迷惘却没想到要说出来。所以说,在第一响和最后一响之间,你们都是迷惘的一代,但也不排除在第一响之前和最后一响之后,你们早已并且一直都是迷惘的一代。

但这个迷惘已经不是今天的迷惘了。今天的迷惘在那时甚至都不算迷惘。昔日迷惘已成了一笔花光的遗产,只剩下个数字,而今天的迷惘都是剧情需要,演到哪里就在哪里迷惘。事已至此,我也不好再说迷惘了,我就说迷路吧,一提砍柴,我就想到迷路,如同一说出门,就想尿尿,这不,说着话就来到了厕所,男左女右,可别进错。

我来到厕所,主要还是为了数钱。数钱是一种旷日持久、日新月异、欲罢不能的行为。事实上每个人都数得很欢,丝毫没有欲罢的可能。数钱的时候很臭,让人想起剧本里的台词:谁稀罕你的臭钱!每当在个什么剧本里念到这一句,我就会心一笑,他一定是刚从厕所里出来,钱已经数得一毛不差,并且藏得好好的了。当然剧本里不一定真有厕所,厕所可以是虚拟的,就像一个梦,有了这个梦,一切都不在话下。我就经常跟人说,我写的不是小说,而是一个不在话下的梦,我也多少算是个记者,记录梦中的一切,生怕忘了。因为记者同时也是忘记者嘛,忘了记的比记下来的要多多了。不过我又是一个难忘的人,记住的往往是些想要忘掉的东西。但我真的不是故意的。现在我在这里,工作与时日宁静得几乎也像一个梦,它被四面高墙包围起来,还有人为我站岗瞭望,居高临下,看着远方不动反静的风尘与白杨,让我得以整理活页夹子里的梦话,在允许的范围内,用空白的纸坐在图书室里秉笔直书。因为我在白天还是个编外的临时的图书管理员嘛,虽然这里也没多少图书好管,只有一些报刊,但也不需要更多了。有时,报刊上记载的一些东西也会进入我的记录,比如这句话:你们都是迷惘的一代。我不知道是什么时候把它写进了活页夹子，我感觉就像偷了一件东西，像阿里巴巴钻进了四十大盗的山洞，想把这个秘密据为己有，又忍不住要告诉所有人——你们都是迷惘的一代。他们听了，都嗤之以鼻地散去，有的人趁着放风时间，抓紧倒卖香烟和其他违禁品，有的人练习凌波微步，抱着个篮球在篮筐下投来投去，有的在脑海中策划逃亡，心里动起一个又一个主意。在围墙那边，情况就是这样复杂。赤日里，有人说，晒得头疼，要是有一小瓶冰凉的啤酒就好了，别跟我扯什么迷惘，你要是真会穿墙术，出去搞几瓶啤酒回来，我就相信你说的每一句话。怎么样，哑巴啦？

我做不到，不过还是暗自承诺，至少我可以委托大剩人去做这件事。至少我可以给他带个话儿。好久没见了，他还好吗？我希望他梦到的别人也能像我一样热情地接待他。这可不是一句梦话，我要清醒地指出，当我们自以为清醒时，就如同在别人的梦里醒来，种种戏论，都是泡影空花，形同剧本。我也从未当真：当真你就输了，不当真你也没赢。因为先有梦还是先有剧本，先有舞台还是先有大相国寺，咱们演员说了都不算。我是演员，你是演员，我们遇见的也无不是演员，老方丈饰演老方丈，第二号人物饰演第二号人物，众人就饰演某甲某乙，还不用化妆，锣声一响入梦来，我之所以出演我自己，那只是因为我当时正好站在大门口，关门迟了一步，我要是站在五百罗汉堂那边，说不定剧本里就根本不会有我，因为五百罗汉堂不在这个舞台上，也可以说，它是被远处那棵百年老松树技术性地挡住了。那棵老松树也是有来历的，但在此处不讲。此处无松胜有松。

晚上的月光就像我的演艺生涯一样浑浊，默默无闻，大相国寺里万籁俱寂，只有一股食堂剩饭的味儿随风飘荡，还有一股厕所释怀的味儿在和它对话，它们有时争吵，不欢而散，有时倒融化在一起，回头是岸，缓步而归。近来，我的活页夹子里少了很多欢乐，奇怪，有趣，突然，疯癫，烂漫，迂回，快进，惊叹和分裂，剩下的只是正常，晴天，干活，休息，句号，凌微，暂停，吃饭和数钱，洗衣晒衣虽也不胜洁净，舂米一臼虽也杵落万千，但群众演员都没什么表现力，仿佛置身戏外，呆若路人。第二号人物人去屋空，他最后一次出走，大门一声没响，我却颇感遗憾，可能是因为门轴上的油吧。那是一种好油。我不知道门什么时候还会再次吱呀一声响起来，可能要等到很久很久以后了，也许那时我们已经砍柴归来，在柴棚下把柴火垛好，不要让雨淋湿。也许雨还将一场接一场地下成雨夹雪，云在峰顶神光离合，乍阴乍阳，北鸟南飞，无枝可依，秋来山中万事皆休，落木纷纷，然后冰雪寂寥一如没有剧本的月球。他们都说，第二号人物这一次，没准真的不会再回来了。还有新人拉住我问，第二号人物是谁？是你虚构的么？我就把扫把交给他，说，从这里一直扫到大门口，扫干净一点，不要见一片叶子在路上，完事我就告诉你。这个新人竟然不傻，将扫把又交到我手里说，差点忘了，明天上山砍柴，我刀还没磨呢。再见！

　　老方丈瘦了，性情大变，见到我已无心恋战。我说方丈你可好？他就说，啊，哦，嗯。我当然用不着他向我问好了，就赶紧假装扫两下地，也不完全是假装，因为地面就像很久没有上过戏的舞台，满是鸟粪、虫尸、烂纸和花骨，这些东西是永远扫不净的，我天天扫，天天都像在假装，但我其实是真的在扫地。我还能感觉到老方丈瞪着我的背影，好像不认识我，又好像和我已太熟，熟到了需要重新认识一下。他举起手里的禅杖，影子忽上忽下，我还以为他又要从背后偷袭我，谁知他只是在铲廊柱上贴的一张小广告，不知哪个缺心眼的贴得那么瓷实。近来大相国寺的游客多了起来，一拨一拨，男男女女，排骨五花，香风臭汗，势不可挡，势不可挡也要挡，票还是要收的嘛。但也混进些卖香的、算命的、相亲的、偷包的和寻人的，这正是一张寻人启事。老方丈铲下小广告，看了一眼，哼了一声，直接丢进风中，寻人启事飘来飘去，无奈地落在我这边，我也没多想，就把它往活页夹子里一夹。我说过，活页夹子最近很不活跃，夹着啥算啥，想来它都会笑纳。即便只是一张寻人启事。

砍柴前夜，我睡不着，忽然想起少年时代参加夏令营，大家都戴着夏令营的小帽，左挎小水壶，右挎小书包，装着面包和汽水，举着小旗，踏着步，欢声笑语中，一遍遍奏起运动员进行曲，老师还声嘶力竭吼出一道道夏令营守则，但是根本没人要听。我听了，觉得每一条守则都十分正确、必要，每一条守则都合乎我内心的准则，我就打算那么去做，要做就做到最好。我会在每一堆篝火燃尽时细心地踩灭它，捕捉蝴蝶和青蛙制成标本，操纵飞机模型翻山越岭,扶起掉队的同伴,手搭凉棚,教他们望梅止渴,不管有没有洞,偷偷给他们补袜子,在火车快来时把他们推出铁道,或者挡在他们和惊马之间,下雨时细心地把七根火柴用油纸包好,如果夜间寒冷,就让他们嚼几个红辣椒,必要的时候,煮皮带给他们吃。当然,这些我都没做到,因为夏令营第一天就遇到暴雨山洪,我们一行人后队变前队,前队变后队,夏令营小帽丢了一路,跑得倒拖着水壶,谁也顾不上谁。一念及此,这条记忆线就断开了,那个没了小帽的夏令营到底跑到了哪里,完全没有下文。脑海茫茫,深不可测,上面风起云涌,巨浪翻腾,海底则丢下沉船,带走了许多美好的货物,它们曾经向你驶来,却一直没有靠岸,你得过上许久才知道它们再也没有消息了。

砍柴那天是个好天。大家整装待发,其实也没啥可整的,就是站在烈日下,听老方丈训话。砍柴须知一箩筐,没人认真听仔细,我也随波逐流,随口喊着"知道啦",和群众演员一起无动于衷地拍巴掌。其实我是有动于衷的,因为老方丈说的条条在理,那就是我心中的准则,我就打算那么去做,要做就做到最好。只不过在大相国寺呆得久了,我也落下一堆演员的毛病,越是想进入角色,熟悉剧本,就越是出戏,心里老在嘀咕:

万一这不是个剧本呢?万一这只是个剧本里的剧本呢?万一我们都还待在大剩人的梦里只不过在配合他演一场很大的戏呢?

大剩人很久没露面了。但在一场很大的戏里,主角也不一定每一幕都出现嘛。有时人手不足,主角甚至会主动申请扮演一个路人。比如昨天,我别过老方丈,捧着活页夹子,边走边刷,一下撞到一个人,一看,不认识,墨镜凉鞋,草帽口罩,是个游客,他正站在写着"修行重地,闲人止步"的月亮门前,踌躇不去,我就合夹施礼说,施主,这里是禅房,请移步吧。

他一听就说,哎呀,厕所在哪里,到底在哪里呀,找了半天,这大相国寺真是大,禅房花木深,我一路跟着这群苍蝇,竟然给我领到这里了。

我一看,就说,哦,这群苍蝇,它们不是去厕所的,它们还没吃饭呢。

他说,你是怎么知道的?

我就翻开活页夹子,说你看这张寻人启事,刚揭下来,糨糊还没干透,这群苍蝇就跑过来了,还不是没吃饭?

他一听有理,在墨镜后面咻咻地笑了起来,说,寻人启事,寻什么人?

我递了给他,他边看边笑,说,这是什么寻人启事,这不是份简历么。还是个博士。看样子是读书读傻了,连份工作都找不到。

我接来看,果然是个博士,眉清目秀,分头眼镜,面白无须,师从著名教授,独立完成学术专著正式出版,并列举获奖证书若干,爱好一栏填着下棋和收藏,还是个业余六段。我捏捏手上的糨糊说,施主啊,你看的是背面,这一面,才是寻人启事。

他也捏捏手上的糨糊说,妈的,我还说呢,这博士怎么蠢得糨糊都涂反了。

说着话厕所已近在眼前,门口排着好长的队伍,全是游客,全戴着墨镜草帽,好多人手里都拿着同一张寻人启事在看,我那个游客一见厕所,立刻遁入人群,三插两挤,还嚷着,天哪,我不是在做梦吧,这么多人!别推我！那背影真是熟到了需要重新认识的地步,恍若被梦到的人看到了做梦的人,我不由得陷入了沉思,忽然又一个熟悉的声音低沉地同时从两边钻入耳中:007,到你了,007！发什么呆,报数！

我赶忙喊声到。大家都笑了。那个声音说,不许笑！007出列！立正！我还有几点要补充……

说话的正是刘大管教。平时很和气,今天颇严肃,我刚才站在队列里,光顾着想剧本了,没听到他说什么。他补充说,今天出外劳动,再说下纪律,要互相监督,以各小队为单位,按编号纵列行进,不许掉队,注意安全,做好自我防护,不许打架,不许消极怠工,保证足额完成劳动任务。听清楚没！

我们听完他的补充,都使出力气喊,听清楚了！然后向左转,排队踏步走,高呼一二三四,没人敢喊五六七八。

这里我要说句题外话,其实我不该出现在这儿,是刘大管教特意安排我参加劳动的。本来我有我的任务,过几天中秋节,狱里要办一个联欢会,一些表现好的可以跟家属见面，鼓励先进，眼红后进。我自从活页夹子暴露那一回，被算成了有点小特长的那拨，上面特批我排演一出小话剧，主题是积极改造，悔过自新。昨天吃饭时，刘大管教过来说，排练先放一放，磨刀不误砍柴工，你也跟着一起出去，注意观察，在实践中创作嘛，重要的是真实，让大家看到我们这里的管理成效，哦，正能量，对社会，对你们自身都要起到警示作用。你……明白我的意思吗？

我赶快说报告，明白。又加了一句，保证完成任务。他说，行了，坐下吃饭。我说，是！这才坐下吃饭。吃饭时当然也没有什么好吃的，大家都很仔细地嚼着每一粒米，小口吮着菜汤，我知道，他们全都是在幻想中进餐，一口饭其实是卤蛋加炖肉，汤是鸭血粉丝汤，至于为什么不是松鼠鳜鱼蟹粉捞饭和乌鱼蛋汤，那是因为幻想也是有尺度的，像个泡泡，太大了就会破。不过我的泡泡与吃无关，我还在构思剧本，剧本里自有好多个泡泡，一个破了就并入另一个，也像好多个开头，一个死了就生出新的一个。当然，除了剧本里的泡泡，我还有一个更大的泡泡，也是一个更早的开头，它并没有死，它只是暂停了,我偷偷打开活夹子,翻来翻去,找到了它中断的地方。

砍柴剧本 下

从前有一个人,是个单身,上山砍柴迷路,遇上一个神仙,给他指了一条路,他沿路下山,却到了另一个地方,人们见了他,好像都认识,还说这么快就回来了,今天运气不错啊。他走到一个房子前头,里边出来个女人说,到了家门口还卖什么呆,赶紧把柴卸下来啊,还有小孩跑过来抱大腿,管他叫爸爸。晚上吃完了饭,女人就哄睡了孩子,打一盆水,给他洗脚,吹了灯,尽夫妻的义务。单身汉心想,完了完了,这可如何是好,定是有一个长得和我一样的人,也上山迷了路,说不定他也遇到那个神仙,神仙把他当成了我,指了一条路让他去了我家,这个神仙咋成的仙,光会指路,分不清已婚未婚啊。事已至此,他也没有办法,他想有个女人虽然好,但她喜欢的人,毕竟不是我啊,只不过她以为那个人是我,而那个人到了我家,也会被我的父母当成我,浑身是嘴也说不清楚,想到这儿心里一急,他就醒了……

此时，老方丈拄起禅杖来，严肃地看看大家，浓眉花眼中，似有深意无限。砍柴须知讲到这里，砍柴已经不重要了，重要的是什么，大家都没理会得，参不出来，便不敢举头看方丈，只管低头看砍刀，好像看着看着它就会烂到生锈。当然我也参不出来，但是我没砍刀可看，我把砍刀落在方丈屋里了，只因那张寻人启事，上面的人我见过，那是一个疯子，就在群山脚下的小镇上游荡，原来他是从山另一边的县城跑出来的，家人一直在寻他。我想虽是疯子，使其一家团聚，说不定复其心志，也是胜造七级浮屠，所以老方丈一听，就说声阿弥陀佛，把电话让给我打。我打完电话回来，身轻如燕，忘了带刀，挤入人丛一连听了三个故事，老方丈说得口吐白沫，众人都在看刀，只有我迎着老方丈如炬的目光，浑然不觉，还在回味那家人的殷殷谢语，我让他们别客气，要紧的是寻人，我可不是什么大恩人，不过于百忙中顺水推舟，略施援手，一切都是赶巧，哦，方便，重谢就不必了，我是谁，不重要，你就叫我无名氏吧，正想得美，却见光天白日下老方丈微笑点头，禅杖顿地，于百衲袖中轻舒化骨绵掌，指住我一连提出三个问题：

你是谁？你在哪？你在这里干什么？

这里我要插一句，一连三问乃是本寺的一种绝学，被问到的人一般都会眼前发黑，好像犯了低血糖。我当时眼前一黑，然后身边就少了一个人，是旁边的大师兄先昏倒了，他血糖本来就低，偷偷吃了一口干粮，一抬头，还以为老方丈指的是他。众人手忙脚乱，搭起大师兄给他掐人中，抽嘴巴，有人拿水往他脸上便泼，平时不好意思做的事现在做得都义正辞严，偏偏方丈屋里又来了电话，响铃急急如律，天下大乱中，我想正好溜回去取刀，不然就不赶趟了。刚跑到墙边，忽然人丛中伸出一条扁担，两头带尖，一招白蛇吐信直插脚底，幸好我反应快，使一招马踏飞燕，踩个正着，另一头却飞起来，又是一招泰山压顶，直拍面门，我只好贴墙使出一招把头抱住，危急中，忽觉背后一空，腰带一紧，墙中自有墙中手，把我连葫芦带瓢拖了过去。那扁担这才落下，入墙三寸，嗡嗡直颤。我从小镇的街道上爬起，听见墙那头还有人喊，电话，师父快接电话！有人说，大师兄，醒醒吧，别装了，不然我给你做人工呼吸了啊。有人喊，我的扁担呢？……

这是谁干的！有人说，这电话打的，可真是时候，不知是哪路神仙？

我知道是谁打的，可是我没法告诉他们。打电话的人就离我不远，在居民楼底下一个唱街头卡拉OK的小摊上，蓬头垢面，一手潇洒地提着个电话机，歪脖夹住话筒，一手按着电视遥控器不停地换频道，卡拉OK摊主是个独眼龙，也不敢管，看热闹的围了一层，他从"忘情水"噼里啪啦一直换到天气预报，才满意地把电话筒举到嘴边，如同举着麦克风，长长的电话线从旁边阳台上的小卖铺扯出来，还被他甩了几甩，就对着电视一鞠躬，台风很正的样子，笑脸似曾相识，让我一下想到了那张寻人启事。我想分开人群上去告诉他，别玩了，你家人正在寻你，赶紧先给他们打个电话吧，电话是……但他显然没空理我，而是随着天气预报无声地对上口型，播报起来，情绪饱满也像里面那个西装美男。小镇已经入夜，雾气湿重，灯火朦胧，满街都是噪音，电视上先知般的天气预报声正像涛声依旧那么旧，听筒里则传来老方丈游泳般的呼唤：

"我就是老方……"

"江淮大部四川北部阴有小雨,湖南南部有短时雷雨大风风力……"

"你找谁……"

"下面请看城市……"

"我是老方……"

"米索拉多拉索米,来多米来米来多来……"

"丈啊……我说,你要哪里?"

"米索来米来多拉多拉索拉,多米来米来多来……"

"喂?你好,喂喂啊!"

"……完了,谢谢收看。"

雾色中,阳台下还是那张踩满鞋印的小椅子,疯子撂下电话和听筒,捏着五毛钱伸向小卖铺窗口,在窗子前头做作业的张良一愣,刚要接住,疯子就把钱往回一缩,这游戏让他喜欢得要死,所以他又玩了一次,然后又玩了一次,但我们以为他还要玩一次的时候他不玩了,他丢下钱扭过脸,却被我吓了一跳,怪叫着逃远。雾就是这么好玩的东西,连疯子也萌萌的,让人不禁想到在他们的世界里,疯狂其实是一种外交手段。比如刚才这个疯子,平时喜欢站在一个垃圾堆前头演讲,没有观众,就等于全世界都在听讲,他的主题也只有一个,那就是你们完了。他的演讲每次都有一大篇,滔滔不绝,但谁也听不懂,只能听出四个字你们完了。你们完了可以是小团伙逃学归来遇到下课的同学笑着说你们完了,老师都知道了,这时你可以回嘴说,你才完了,你家刚刚着火了;你们完了也可以是大相国寺那边新的一幕拉开有个人上来宣布说你们完了,大剩人查无此人,他再也不会梦到你们了,你也可以回嘴说那正好,原地解散;你们完了又或者是无人驾驶的飞机上响起播音道你们完了,飞机即将坠毁,请系好安全带,收起小桌板,不要在座位间走动,以免发生意外。这时候你没法子跟无人回嘴,只好打电话给你最爱的人说,我们完了,再见吧。等等等等。但我想这个疯子完全不是那类意思,他说你们完了,倒有点像某人说的你们都是迷惘的一代,庶几近之吧。想想也对,我们又没疯,却还是有很多问题永远搞不清,不是迷惘的一代是什么。后来有人把那个垃圾堆移走了,铲得干干净净,露出一片惨白的地面就像刮完胡子的下巴,疯子的演说家生涯也就此结束。

他跟另外两个疯子走到一起是后来的事了，我想很有可能就是他发起了北京对话，另外两个疯子都没他那么疯，也就是"好奇"和"欢迎光临"，你从外号上就能听出来他们其实只是有点傻而已。每天醒来，"蔑视"一看见"好奇"，就要问他去没去过北京，这个话题恰恰是"好奇"的痛点，而"欢迎光临"则马上摆出一副"你问我呀"的样子，这样就形成了北京对话。当然也不能老玩，每天只能玩一次。而且除了北京，别的地方都很难形成对话，比如，你有没有去过深圳，你有没有去过上海，你有没有去过香港，这听起来就有点像三个哪儿都没去过的土鳖，而不是疯子。疯子一定只去北京。这里的奥妙，我也能猜出几分，但现在来不及说了，我上前一步，把疯子没放好的话筒拿起来挂断，好让老方丈闭嘴。张良扯起长长的电话线扯回阳台里，接过电话机，连声谢谢也没说。

我还有点时间，不妨看会儿卡拉OK，可能刚下过一场阵雨，路过的人们都湿身围着看，有的花上两块钱点一支歌，自娱自乐，歌声飘得很远，往往和另几条街头的卡拉OK歌手形成奇妙的对唱。摊上还有一张简陋的歌单，还是那些老歌，也如涛声依旧那么旧，我都会唱，但现在已经没有人唱它们了。

　　时间快到了，我还没走，我想再等一会儿。等一会儿刘丽就该下课了，她会骑着一辆天蓝色的自行车回来，和几个同行的女生清脆地笑着说明天见，我想等到当她扭脸转向我的时候，趁那笑容还没消失，我就神秘地也对她一笑，潇洒地离去，回去寻我的砍刀。果然，她回来了，比我想象得快，不过今天没有女生和她同行，所以我没能听到清脆的笑声。她看了我一眼，沉默地走过，因为我是一个雾中的陌生人，阳台下那点光亮足够让她看清我，也让我看到她穿着我们难看的校服，但穿在她身上就变了一个样子，她还是那样把校服袖子挽起来露出胳膊，推着自行车进入楼道，啪地踢下支架，车锁咔嗒，用挂在脖子上的钥匙开了门，关门。这些声音只属于她，带着她的肢体语言，再度听到，也聊补清脆的笑声之阙如。我走进昏暗的楼道，天蓝色自行车在这儿，和张良的破自行车并排，幽幽发亮，车座也是蓝的，车身很轻，很好骑。有一次我还骑过它，带着刘丽，去和她们班同学野餐。其实我原来也是那个班的,只不过后来留了一级,她们聊高考报志愿,我插不上话,还把羊肉串烤糊了。回去的时候,车胎扁了,我们推着车走了很久才找到一个修车摊,修车的慢慢把内胎浸在一盆脏水里,边摸边说,看这儿,看看这儿,都磨破了,还不如换条新的。刘丽说,不换,你就补吧。她悄悄跟我说,这是个老滑头。那时我们坐在马路边,看着来来往往的汽车,小镇上的云灰灰的,不成形状,远处隐约高耸着淡色的山,山上有些什么,那时还无法想象。我打破沉默说,你报北大了?好考吗?她说,不知道。试试呗。我说,试啥试,你一定考得上。她清脆地笑着说,你怎么越来越像个企鹅了,叽叽歪歪的。有一次我们一起打游戏,冰雪南极中一只小企鹅在往远方跑,远方越来越远,企鹅一着急就会掉到沟里,半天上不来,她就说那个像我。我翻个白眼,掏出烟来抽,她说,我也想试试,给我一根。我说你们北大的还抽烟?她说北大怎么了,到时候我就自由了,谁也别想管我。那天她没学会抽烟,烟从嘴里跑一圈又出来,直叫苦,没抽几口就又还给了我。我就像三个疯子中的一个同时抽着两支烟问,你去过北京吗?她一本正经地说，我当然去过北京。你也去过北京？我说，谁没去过北京啊。她就笑。我们的北京对话到此结束。因为其实我们谁也没去过北京。她伸出一盒薄荷糖晃晃，往我手里倒了一颗，含着糖说，这烟真的好呛，别抽这个了，下次给你偷几盒我爸的好烟。

没记错的话，那次补过胎之后，天蓝色自行车总有点漏气，我一捏，果然又快扁了。我往里边摸了摸，这里应该有个破沙发，沙发底下有个筐子，里边有打气筒。我把气门芯松一松，夹上打气管，一五、一十、十五、二十，给它打足了气，拧拧紧，正要收工，突然门开了，刘丽站在门口大声说，喂，你干嘛的？你干嘛动我自行车？

我忙把打气筒丢在沙发上，举起手来，说，没干嘛，我是来买东西的。

她说，买东西上阳台啊，跑楼道来干嘛？

我说，没没没，我看这自行车快没气了，我给它打打气。

她说，跑楼道里给别人自行车打气，难道你就是雷锋？

我说，不客气，不过做一件好事并不难，是不是啊。

刘丽板着脸说,哪来的神经病,刚才就看你不正常,谁跟你开玩笑了,赶紧走,再不走我喊人了。

我说走,我这就走,我也该走了,你别生气,我真的不是神经病,再见啊。

她没说话就关上门,我还在暗中摆了摆手,隔着门能听到她在客厅里很响地摆着碗筷说:咱们这儿怎么这么多疯子!

买点东西?我倒真的可以买点东西带回去,来都来了。但是买什么呢?我踩上小椅子,手扶搁板,沉船靠岸般冲窗口里的张良咧嘴一笑,他倒处变不惊,静静地瞧着我,在等我说出商品的名字。他已经有点像一个超市小老板了。我费力地想着,本来前几天都想好了要买的,是什么来着?记忆像死猪在江河中翻滚,大部分漫长的路程中都看不见它,我什么东西都没想起来,但却像从时间中捞起了一艘沉船,原来这就是大雾袭击小镇的那个傍晚,原来我们所经过的那些时刻是这样完好,每一天都是完整的一天,全都原封不动地等着与你不期而遇。看,张良身后货架上挂着那件印满唐老鸭的塑料雨衣，每一只唐老鸭都朝着不同的方向，下面是一小滩水迹，仿佛在提醒我，一小时前，我们才刚刚在雨雾中分手，而在那之前……忽然间所有的唐老鸭都滑了下去，雨衣掉了，张良回身去拾，我趁机看了一眼他的作业本，和我想的一样，那上面也只写了一行字：今天，我见到了一位难忘的人……

前几天老师布置了一道令人难忘的作文题目：记一个难忘的人。我俩都没写完，放学时没交上作业，被老师一顿数落。张良出来还说，什么难忘的人？哪有这种人，总不能瞎编吧。我们骑着两辆破自行车，放学路上伸手不见五指，四月是最残忍的季节，丁香花都开在暗处，雾的湿气把小镇唯一的柏油路面舔得沉甸甸的，低矮的楼群在叠叠迷障中发出点点星光，像一些沉船在海上重新浮现，也像未来世界。一些骑车人会突然从雾里钻出来，再回到雾里去，也像幽灵一样，让人心惊胆战。我和张良的前方正钻出一对骑车人，女的带着男的，有说有笑，他们骑着一辆没有铃的自行车，颠来颠去浑身作响，那女的还说，你这车前闸没有，后闸也不灵啊，正说着就一下消失在浓雾里。好像过了一百年那么长，又好像擦亮一根火柴那么短,两人又出现了,那女的说,怎么还没到,不会走错吧? 男的说,哎,那边有两个小孩儿,要不问问他们。我和张良不约而同地停下车,停得就像在起跑线上那么齐,雾里开始挤出一点雨滴来,落在圆形的车铃盖上,一丝丝地把它洗净,铃中现出一个身影,走近,一笑,烫发,西服,丝巾,胸针,美甲,高跟鞋足音哒哒。那男的没跟过来,只是跨在自行车后座上两脚点地,浓雾中一道火柴光划出弧线,凑到一支烟上照亮了他。那女的挥手拨着雾气冲我们说,同学,海边怎么走啊? 我们要去海边! 我也不知为啥,就默默地抬起胳膊,指了一个方向。直到今天,我仍然认为那就是大海的方向。但张良却也抬起手,指着另一个相反的方向,就像两个相反的路标,分别指着一个同样的目的地。那女的皱皱眉头,掐起腰来,看看我,看看他,鼓着腮帮,好像在两个方向之间难以信从,我就再次抬高手再次指住我的方向,并且像指挥交通一样把另一只手也并在一起,不得不说,虽然有点可笑,我那个姿势还是蛮标准的。这时一滴雨突然落到了我脸上,从额头流下鼻梁,流下鼻翼,流到嘴唇上方,滑入嘴角,慢慢的,痒痒的,但我根本没有去管它。那一刻，她倒笑了，像是选择了我，仿佛拍卖师举槌落定说就是你了，伸过手与我一击掌，清脆地说，谢了！便转过身消失在雾中，只留下一阵芳香。雾就是这么好玩的东西，可以露出一切和隐去所有，丝丝小雨一下变成了眼泪那么大的雨滴，打湿了头发，肩膀和书包，张良赶紧把雨衣取出来披上，我却仿佛抱得美人归，浑身是胆，充满了野蛮的力量，骑上车迎风踏向雨雾，还发出野蛮的呼啸和吼声，张良远远地在后头叫道，你慢点，小心撞死！

回到家我才发现，我的活页夹子掉了，一定是我骑车狂奔的时候掉的。那是一个崭新的红色封皮的夹子，那天早晨我打开它，夹入一叠新的白纸，还没写几个字，大概只有一篇作文的开头，是一句每个人来写的话都会这么写的话：

今天，我看见了一位难忘的人。

回忆至此，我其实也只不过在小卖部窗口前多站了几秒钟，小镇的傍晚时分，也算灯红酒绿，就是有点凄凉，不过如果没有灯红酒绿就也不会凄凉。卡拉OK早收摊了,独眼龙拉着电视机不知去了哪里。雾不再那样浓,雨又下开了,一阵阵地大起来,树木的黑影把雨声举高摇来摇去,在大相国寺那边,等大师兄一醒,砍柴大队就要出发,我也得回到墙那边了。看到我还没走,张良又从他的作业本上抬起头来说,你到底要买啥?这次我毫不费力地想了起来,我掏出一张钱,说,来罐冰镇啤酒吧。他收了钱,丢进小抽屉,把啤酒从窗口递给我,重新坐下使劲看着他的作文。我捏住冰凉的啤酒罐,像揣着一个秘密,一个惊喜,一份不属于我的意外好礼。在雨中,思以往,我是谁,我在哪,我到底在做什么,其实这些都不是问题,我也像那个砍柴人,不过是多绕了一些路,不知身系何处,我们就是在绕路而已。绕来绕去,就会见到那些曾经见过的、未曾相见的和不想再见的人,哦对,还有你,我的朋友。

我想我不得不走了,但我想我还没做到一个难忘的人应该做的那些事儿。但我必须得走了。

砍柴须知
1 山不在高,有柴就行

2 爱护花草，脚下留情

3 大树不伐，小树不拔

4 迷途知返，拒绝恋战

5 严禁玩火，后果自负

6 乱扔垃圾，很不道德

7 山鬼树妖，唯心造作

8 路遇猛兽，冷静面对

9 四字真言，默念于心

还有第十条，大家开玩笑说，第十条在猛兽肚子里，等你知道了第十条，也许还会知道第十一条，二十一条，一百零八条……唉，在一个砍柴剧本里，情况就是这么复杂，众人挥舞柴刀，唱起山歌，打着绑腿，缘山路蚁行而进，我因为迟回一步，忘了带刀，只好捡些冬天掉下来的树枝，错薪翘楚，也弄了一大捆掮着，顺带拾些去年的松果。烧松果的时候，松子在里边噼啪爆响，可以解忧。忧是一种与生俱来的东西，忧从中来，不可断绝，何以解忧，唯有松果，忧忧复忧忧，我就会拾起更多的松果，头顶松涛，脚下蹉跌，我也不晓得走到了哪里，因为前边有很多条路,每一条都是林中路,上山前老方丈言犹在耳:当你走到有好几条路的地方,自己也不知该往哪里去的时候,就转身回来,要迷途知返,不要迷途不知返……看他说得口吐白沫,我们彼时还有点得意:真到了不知该往哪走的地步,当然就会回来啊,还用你说?但此刻身临其境,真的不知该往哪里去了,再想要转身回去,却又是好多条路,根本分不清你是从哪一条来的。所以拾柴日当午,我却冷汗湿衣服,砍柴剧本里不论哪个神仙都可以,紫霞仙子,变形金刚,芝麻开门,快来给我指一条明路吧。

北京的金山上

不知我提到过没有,我们的小镇是有一个火车站的,只不过火车站上没有火车会站住,它们全都一掠而过,连一口痰都不会留在站台上。因为这个火车站早已作废了。这么说吧,小食堂就是原来的候车室改的,而水泥广场小仙女曾经是站前水泥小仙女,这也是顺水推舟的一件事,作为结婚圣地的候车室,具有火车回忆的食堂,在仙女的水泥眼珠底下,人们吹拉弹唱,炮声齐天,新人对拜,喜极而泣,这时又有真正的火车刮来旋风,铁轨哐啷,像十九个拐子戴着同一副镣铐前来道喜,还有比这更神圣的婚礼吗?

但我们认为它多半还是个火车站,你看,有栏杆,有站台,有站名,有永远张着嘴却吐不出一张票的售票窗口,房檐不改其黄色,屋顶不改其绿,再说还有疯子,他们展开北京谈话,实际上也展不开,老是那几句:你去过北京?我去过北京。你也去过北京?他去过北京!……如果你不在意他们是疯子的话,那听起来就很像三个将要检票上车的旅客在无聊等待中的无心言谈。仿佛过不了多一会儿,广播里就会有人说,旅客们请注意,去往北京方向的火车就要进站了,请带好自己的行李物品,排队检票上车,去往北京方向的旅客请注意……

是啊,疯子们从不怀疑北京之路就在身后,当然也永远不会有人跑过去对他们说出真相,因为那样的话,蔑视、好奇和欢迎光临就会用三种奇怪的眼神看着他,或者同时朝他弹出三个烟屁。他们有数不清的烟屁,在水泥小仙女站立的太阳地里,烟屁多如牛毛,俯拾皆是,全都被人们踩得扁扁的,仅此一点这里也很像一个站前小广场。不管小镇如何大兴土木,布满扁平烟屁的水泥仙女小广场从未被打扰过,或者竟然被遗忘了,或许有更可怕的理由一直在暗中罩着它,让人无法染指。这也使疯子们看起来更加百毒不侵,有如神助,仿佛只要他们愿意,随时可以爬起来把手伸进黑洞洞的售票窗口,买三张票,过上三天三夜,当里个当,当里个当,三个疯子就会出现在北京,那里有更大的站前广场,灯更红酒更绿,有各种各样的食堂,有更大的水泥仙女,也有更多的疯子,其实那里人人都百毒不侵,身怀绝技,武功超群,化于无形,弹出的烟屁像下雨一样,什么牌子都有。烟雨潇潇兮,在北京的金山上,三个疯子谈笑风生,然后一起下馆子,游车河,拔火罐,嘣嚓嚓,对欢迎光临来说,到处都是好奇,对好奇来说,到处都是蔑视,对蔑视来说,到处都是好奇和欢迎光临。北京就是这么神奇,这是一片神奇的土地。但对我来说,也还远远比不上小镇神奇。在小镇大兴土木的那些日子里,我们的六层楼房街区就像愚公移山一样消失了。我还记得搬家时,卡车上堆满了破烂儿,像愚公移山之后又把山换个地方堆了起来,以前我老搞不清被愚公移走的那些土到底是怎么处理的,现在知道了,它们就像这些家当,平时都分散在家中各个地方,有些不会被用到,有些不会被看到,有些简直不存在,但如今它们欢聚一堂,在卡车后边光天化日之下互相依偎着像个没皮没脸的大展览,而这种令人羞愧的生活,将被移到另一个地方重新消失在房间里。那是个大风天,风起云涌,我们坐在满载的卡车上,我扶着大立柜的门,不然它就会左右开弓一直抽自己的耳光,我姐抱着一面大镜子,镜子上画着挺拔的松树,灿烂的朝霞,还有一个大大的"奖"字,还有个太阳不停地追进镜子里又晃一晃退出去,镜子射出的光束在一排排六层楼的玻璃中上下跳动,这些楼房都被掏空了,好多人也在搬家,好多猫跑了出来,公然在街上寻欢作乐,或是一对对踱到满地狼藉的人家里去寻找一点安慰。谁也想不到这里原来竟有这么多的猫,它们和看不见的那些破烂一样,竟然也是我们生活的一部分,而我们的生活其实也是整个小镇看不见的那一部分,以此类推,最后整个世界终将空空如也,谁也看不见谁,就像大海中的波浪沉没一切,以及浮起所有。

张良家也搬走了,搬到了县城那边,他进入一所职业学校,在那里学习开挖掘机。刘丽也转学了,我问她家搬到了哪里,她把地址告诉我,不过从她的眼神中,我觉得她也知道我不会再去了。有一种无名的距离非关地理,而是属于不同的天空,不过也没什么,因为这都是自然而然发生的,而且总是在过去很久之后才会被察觉。早操第九节,大家都无心恋战,边做边四面溃散,我们夹在人潮中会合,身边不时穿插过几件掉队的校服,各种凌波微步,在大漠般的砂粒场上摩擦。她袖子没挽,双手插在上衣兜里,好像捏着什么东西,等人群退远一点,她就把两手从兜里拿出来说:伸手,快点,别让人看见。我一手接到了两包烟,烟盒光滑鲜红,便也很自然地翻转手心揣进兜里,就像和她瞬间交换了姿势。她轻松起来,说,烟还有,没敢多带,等下次你进城来玩,再给你拿。

我说,什么时候走?

她说,今天办完手续,明天去报到。啊,她们叫我呢,我先去背单词了。

我说,北大啊,一定要考上啊。

她回头说,切,我又不是不回来了,你把礼物准备好就行了。

我问,你想要什么?

她没回答,光是摆了摆手。她大概也知道,我一向是那种问完问题并不需要答案的人。

高考临近,我们打篮球时,毕业班好多人都在操场另一边的树荫下背单词,背题,背公式,背什么的都有,个个都像求雨似的,双眼无神,背得昏天黑地,便是真的有雨来了也不为所动。浑身大汗的我们走过毕业班,觉得他们就像一群囚犯,所发出的一切噪音呼喊反复吟哦哀告无不是锁链镣铐快要断开的声音,令人同情又不由得羡慕。

只不过每天早操时间,我跟着大众懒洋洋地比比划划,终于等到跳跃运动,大家才来了精神,前后起跳蹦得就像一群袋鼠,越过一个班又一个班,越过像在海浪中飘荡不已的一件件校服,我仿佛还会与她无意间起跳在同一节拍上,依然望见那个把袖口高高挽起的校服背影,马尾甩动,挥起双手,遥遥落下,这样的跳跃反复共需八次。

那是一段混乱的时期,我又交到了一些新朋友,老好人,鲁智深,兔头,还有一个后来自杀的,我忘了他的名字。我们形影不离,但也知道这是暂时的,我们都在一个暂时的聚会里,等着结束的时候,各自被打回原形。我还在幻想开酒吧,赚了钱,就周游各地,但最常去的还是北京。那时的北京还是可以去去的。这么说吧,就像罗马一样,到了北京就像到了罗马,虽然我更没去过罗马,但罗马也就是北京这样了,不可能是别的样子了,条条大道通北京,我走在北京的一条条大街上,搞不清方向,也不知要去哪儿,但却好像有一个线团儿,一直在前边滚动指引着,无论走到哪儿都不会真正迷失。有了这个线团儿,我就来到北大,北大在一座山上,有悬崖峭壁,奇珍异树,瀑布高台,远处海面,波光万丈,走进校园,也是个青青世界,路灯青青,教室青青,上山再上山,眼镜丛中,正好碰上刘丽,她不戴眼镜很好认,还是上身校服,下身牛仔裤,像刚刚才完成一件什么吃力的活儿,休息片刻,站在图书馆门口轻松地抽着一支烟,烟雾清凉,疾疾又徐徐。北大的校服也不知是什么样的,丑不丑,但她穿着就和别人不一样,英姿飒爽。我说,看来你是自由了,得大欢喜,善莫大焉。她笑笑,说反正我再也不回去了。我说北京是一片神奇的土地,你就待着吧。她说待什么待,北京有什么好,我要去上海。我说那还是上海好,至少文明,像个现代城市。可万一上海也不好了呢?她说那就去香港。我说然后呢?她说然后,你不是只有地理学得好么,你会背那么多地名,你猜啊。我说咱们先吃饭吧,走了好长的路才来的,让我慢慢猜。是的,我是来请她吃饭的,北京烤鸭、涮羊肉、麦当劳,法式蜗牛，老妈蹄花，大闸蟹，或者她请我吃北大的食堂，在那里能吃到些什么我暂时还不得而知，但怎么说也是北大的食堂，错不了。吃饭时果真我想起了许多地名，都是地图上的名城，我每说出一个地方，她都要认真地想想，然后摇头或点头。一直到吃完饭，食堂大妈拿块抹布眼看要擦到我们桌上了，我还在说，她还在想，我们已经有了一张长长的清单，太长了，前面的我都忘了，旅途条条分岔，有如乱箭齐发，我能记起的有东京，纽约，柏林，巴黎，伦敦，维也纳，杜塞尔多夫，慕尼黑，纽伦堡，图宾根，阿姆斯特丹，雷克雅未克，荷尔斯泰因-石勒苏益格，布拉迪斯拉发，布基纳法索，塞瓦斯托波尔，德涅斯特河沿岸，格罗兹尼，以弗扫，亚历山大，波尔图，瓦尔帕莱索，比勒陀利亚，婆罗洲，火奴鲁鲁，釜山，马孔多，约克纳帕塔法，印第安纳波利斯，圣迭戈，百慕大，摩尔棱斯克，阿拉木图，投拉子，亦思法罕，后面的我也忘了，从北大食堂出来一路下山，下山再下山，她送我到校门口，在写着"北大"二字的牌子下，道声珍重，大门咣当关上，我又收起线团一路奔忙，赶到火车站再回首，北大的峰顶上电光交错，红尘绚晕，好像有一个水泥小仙女挥手在云雾中点烟,一闪,又一闪,我看得入神,火车站上的钟里有个女人说:刚才最后一响……

后来有一天我真的到县城去了,按着她给我的地址,却找到了一个装修中的饭馆,这才想起她家电话我也忘了问,在中学门口,许多如释重负的孩子正在放假回家,而高考已结束多日。我是带着一件礼物去的,虽然不贵,但很重要。很重要我也只好把它带了回来。那是一本集邮册子,是我收集的世界各地的邮票,我想等她到了那些地方,就可以用上这些邮票。但它们最终也没有送出去,从此就再也找不到了。找了很久都没有找到,后来我才不得不这样确认,可能我根本就没有这本集邮册,我也没去过县城找她,这只是一个强烈的无法磨灭的印象:那天中学门口的街上空空荡荡,只剩下我和两排杨树站在那儿,还有一个卖冰棍的,欲行又止,也好像没有地方可去,然后回忆就此中断。就这样,你以为重要的都会成为剩下的,未完成的,中断的,然后变成不重要的。回忆一段一段,总是无法持续,而且每次都会中断在看起来差不多的地方,在大兴土木之后的小镇上,我也只能一次次回到六层楼房的家那边,回到愚公移山之前,回到那些台球桌旁,穿过市场,遍地污水,看见了好多熟人他们都越来越老,但是我家到底搬到哪里去了呢?搜索枯肠,略无所得。只有一次,我终于成功地回到了搬家那天,我还看到我们一家人坐在卡车上,和各种各样的破烂儿在一起摇晃着,但卡车开得太快,一转弯就不见了,剩下我本人站在柏油路岔口,能刮下水泥的树叶底下,唯有一道出自镜子的光束在远方尘埃中遥遥相应,明灭人青涂,追是追不上了,我又能说什么呢?

这时就有人扯扯我,说走吧,别看了,赶紧迷途知返吧。我一看,是个花白头发的神仙,正站在一棵树下,手里攒着两个松果溜溜地转着。他说,我跟着你很久了,你,可是迷路了?

我就点点头。他笑笑:我就说嘛,把我累得,你搞这么一大堆柴干嘛呀,早晚要丢掉的,还有这松果,都瘪了,连松鼠都不稀罕,有道是轻装上阵,都扔了吧,听我的。

我说,你一直跟着我?

他说对呀,一路追着你给你指路来了,我是神仙。

我说，看出来了，可柴不能丢，你就给我指一条……你还是别指路了，你领路吧，把我领到大部队那儿去，我定有重谢。

他说哎，你这人真烦，我知道，你是怕我给你指错了路，回去一看，大家都老了，只有你还年轻，是不是？别净想美事。那都是别的神仙骗你们的。你以为神仙是好做的？神仙的生活也很无聊，又不能死，就跟判了无期是一样的，没有最后一集，永远只有下一集，和前情提要，我可跟你说，刚才不是我一个跟着你，而是有六个神仙都在追你，要给你指路，幸好我机灵，把他们给甩了。要是落在他们手里，你这会儿不定在哪条路上瞎转呢。

我跟在他身后追着问，比如呢？

他说，比如，那太多了，比如给你指了一条犯罪的道路，关进牢房，还得重新做人；比如回到未来的大相国寺，武功尽废，穿墙无术；再比如把你丢在一个小镇上，永远和过去在一起，只有过去未来时，未来过去时，没有现在进行时，未来现在时，你说愁人不愁人；或者让你坐上火车，三天三夜到了北京，一脚踹进人海里，金山高不可攀，烟头遍地都是，什么牌子都有，也就只能这样了，嘣嚓嚓，轰趴趴，多歧路，今安在？今安在？你说。

我就说，神仙明鉴，现在我就在歧路上啊，歧路太多了，还掮着这么大一垛柴，我们休息一下吧。

他说还休息个屁，你听这歌声，当里个当，不正是大部队么？

我一听果然耳熟，远望山中万绿垂荫，松风杂着人语，一片岩石下，众人正在溪流边踏歌，练习水上凌微，宛若曾见。我就掮起柴转身对神仙连连施礼道，不胜感谢，但我还想请教个问题。

他说，你说嘛，我是有求必应的。

我说，若有一天我不幸身陷囹圄，当以何作解脱？

他说，那唯有持守四字真言方可解脱了。

我说是哪四字真言，请赐教，弟子定当信受奉持。

他就说，无边落木，遍地松果，俯拾皆是，真假莫辨，莫辨真假，迷途知返，忧从中来，不可断绝，何以解忧，何忧可解，不可断绝，如缕不绝！

听到这儿我都晕了，却又想起个问题：第二号人物究竟是谁？

神：你马上就会知道的。

我：最后一个问题，我和刘丽……

他就抬抬手说，这么多问题啊，都想知道结局，那得排队，有排队这工夫，也差不多等到了。好生去吧。对了，你等等，按照惯例，你得在这儿签个名。

说着他就掏出个活页夹子，打开，飞快地抽出一支毛笔舔舔塞给我。

我一看，这竟是一张表格，排头三六九等，分别标着最好看的、很好看的、挺好看的、好看的、顺眼的以及一般人、无感和丑的，又往往细分成难忘的人和不想遇见的人，上面密密麻麻全是各种签名，好多我看着眼熟，原来都是我班同学，外班同学，老师父母，姐姐姐夫，刘丽一家，单位领导，毛大所长，王大老板，黄大律师，和性价比，狱中同号，四大管教，包括哨兵，和做饭的，连三个疯子也在不起眼的地方签着好奇、蔑视和欢迎光临。

我说我签啥名啊？

他说你签啥名还来问我？开什么玩笑，别浪费我时间，大剩人同志。

我一听没时间了，也赶忙一挥而就，在一般人那一栏难忘的人和不想遇见的人之间，签上大剩人三个字，和刘丽的签名还隔着好几百个名字,但好在还没翻篇儿,还在同一页上。

跟神仙挥手作别,与大部队会合的路上我还在想,全他娘四个字的,到底哪一句是四字真言啊?

后来我才知道,那些四个字的,其实全都是四字真言。如今在迷途知返后边,我还得加上一句已经太晚。眼前一座座青山紧相连,一朵白云也看不见,一条条林中路全不像是真的,也没有一条是假的,我正在走的这一条,也不知道是哪一条,因为忽然之间,踏歌声又已飘远。我疾起直喊:我在这儿!我没有脱队!让我归队!我是大剩人!刚喊完,便一愣,像被神仙定住了,一股醍醐从脑后一直凉到脚后跟上:原来这就是砍柴剧本啊,演出已经开始了啊,原来他就是那个演神仙的,那就他的台词,我演的就是大剩人,我是主角啊,我一直在演迷路,但迷路的是大剩人不是我啊。正想着,就看见前方有个群众演员哈着腰在树下系鞋带,我也如梦方醒般入起戏来,把柴火一丢掼在地上,过去一拍他说起了台词:喂老兄,我是不是在做梦啊?

他吓了一跳，说做什么梦？你是谁？为何在此？我迷路了……你也是迷路的人吗？

我看他一脸人畜无害的样子，又好气，又好笑，我说你跟我装什么陌生人！我做了一个梦，在梦里迷路，遇上了你，是也不是？你就是我的梦中人，还有，不要再问我是谁！

他摊手道，哎你这人，我跟你很熟么？你做你的梦，我迷我的路，还有，你是谁关我什么事！

我心想，这家伙为啥不按剧本来啊，排练好的那些词全用不上，下面还怎么演？就说，你再想想，你是怎么走到这条路上来的，是不是一失足成千古恨？说着冲他直挤眼睛。

他说噢，失足，是了是了，刚才我把脚崴了，崴脚不要紧，眼镜也摔飞了，你眼睛好，能不能帮我找找眼镜？

我心想这什么演员，我还得给他找眼镜。找到眼镜，他戴戴正，一看我说，原来是你呀！

我说，我是谁呀？

他说，我是小北京呀，哎，你演的是谁来着？

我刚要说我演大……心想坏了，穿帮了，这家伙一定是上台摔了一跤,摔迷瞪了。赶紧伸手去捉他袖子,一捉没捉着,又一捉还没捉着,我急道,你快跟我回去,老方丈说了,要迷途知返,不要迷途不知返!

小北京却举起双臂退着说,哥们儿,淡定,别动手嘿,咱俩可都迷路了,你是谁,我是谁,这是什么地方,我们在这儿干什么,你心里没点数?……正说着天上喀啦一声,群山震恐,电闪雷轰,乌鹊乱绕,树上又掉下无数的松果,小北京撒开腿在前面跑,我使上凌微在后边追,柴也不要了,两个人兔起鹘落,跳过一路荆棘断木,跌跌撞撞向着黑茫茫乌泱泱一片非想非非想的地方去了。

现在我要对你讲,当我扮演起大剩人那一刻,才知道主角不是那么好演的。我没能像大剩人那般潇洒,做起梦来行云流水,一唱三叹,一叹如大江东去,二叹如巴赫创意,三叹如死猪入海,前猪后猪左猪右猪,多少往事,滚滚成空。巴赫是谁,我也查了下资料,是个大音乐家,也是个难忘的人,他的十二平均律好像梯田一样,层层环绕,每一层都比另一层高一层,每一层都比另一层低一层,但每一层都是平均的。又好像冰镇啤酒,第一口比第二口好喝一点，第二口又比第三口好喝一点，喝到第二十四口，又比每一口好喝一点。又好像火车，一时驶过平原，一时钻进山洞，一时变换轨道，一时比一时远离，一时比一时接近，它在大地上移动，摩擦，也反摩擦，大地就是它的钢琴，轨道就是它的乐谱，变换轨道就是它的赋格。当然，剧本里没写这么多，但剧本里还可以写的比这可不知多到哪里去了，因为这是个很大的剧本嘛。回到剧情，我追着小北京，向暗处狂奔，其实也就是跑进侧幕，在后台绕了一圈，跑进厕所，两人拣了几个烟屁来抽，等前台换完布景道具，我们又绕过后台，你追我赶，钻出了一片大森林，寻到大部队，他们已不再踏歌，而是集体沉默，森林尽头，远望是一片平原，我们站在一层层的梯田上，脚下就是铁道，亮闪闪奔向不知何方。有人说，这就是去北京的。有人说，这样子去不了北京，得变换好多次轨道，七十二变，你也不知道哪一变就变到了北京那趟线上。大家都点头，因为说话的正是小北京。正在说，就有一列火车开了过来，拉的是煤，好多车皮，从头看不到尾，数也数不过来，小北京又说，这么多煤，一定是去北京的。过了一会儿，又开来一列客车,大家都跳起来,向客车挥手,向每一节车厢里的人挥手,叫嚷,打唿哨,火车也像十九个拐子哐啷哐啷手拉着手朝我们作别而去。大家都很久没有看到火车了。小北京的眼镜雾蒙蒙的,悄悄摘下用袖口擦。我正想安慰他,一摸身上,竟摸出一罐冰镇啤酒,恍如隔世,我都忘了它是哪儿来的了,就过去拍拍他说,你看,你上次不是说,我要是给你搞瓶啤酒,你就相信我说的话么?现在信了吧。他泪眼看看啤酒,看看我,说,还是北京牌?我说,北京牌。现在连北京都买不到了。他就接过来,一拉拉环,拉环就断在了手指上,原来是一罐过期啤酒,接口的地方早已生锈。夕阳下,啤酒还是啤酒,我还是我,他还是他,梯田还是梯田,铁道还是铁道,只是已没有火车再驶过,一天就要过去了,我们也要回到大相国寺,远处山岭上黑色的梦一样的东西已经爬得很高,空中,一只不太圆的月球淡淡地显影,上面仿若有山河故道,樵木扶疏,啤酒泡沫,松果噼啪,可以解忧,又好像忧从中来,不可断绝。

　　这天晚上收工以后,很多人都梦到了火车,坐在火车上,睡在火车上,站在火车上,赶火车,扒火车,误火车,坐错了火车,到了一个完全陌生的地方,人们却管它叫北京,它有点像北京,但肯定不是北京,就像我演大剩人,但大剩人不是我,而是一个迷路的人……这里的奥妙是,火车上的人,肯定不会梦见自己坐在火车上,而凡是梦见坐火车的人,根本就不在火车上。

我梦见我和那个北京人一起拎着包挤上火车去北京,车厢里全是人,火车攥紧拳头滚出蒸汽,窗外是无尽的田野,玉米,麦穗,葵花,葡萄园,渐渐迎来的灰蒙蒙的城市,城市里下着雨,一条街比一条街闪亮,楼房一幢幢,好多着灯的窗口都没有人。大相国寺已经离开不知道有多远,如果它有引力的话,也早就失效了,这让我暗暗高兴,怎么说也算是在火车上旅行,而不是砍柴、丢钱和迷路,不亦乐乎?火车急急如律,开过肯定不是昨天才隆起的海底丘壑,如同沉船匆匆落入山谷的乡村,荒野间一群群黑色工厂冒着黄烟,河床干裂,草木成墟,一时又在峭壁间驰入山洞,山洞好长,车里的人映在车窗中,像被困的幽灵,都现出原形,火车出洞,幽灵又变成了人,车越往前开越昏暗,雨幕拉开,远方一群群灯火比泪眼还模糊,北京人于是又一次把眼镜摘下来擦。这时车厢那头过来一个推车的,嘴里叫着:啤酒饮料矿泉水,花生瓜子火腿肠!来让让,把腿收一下!

窗外驰过的世界就像一堆旧衣服,这些旧衣服正以各种姿势被脱下来丢远,让我想起那个没了小帽的夏令营,也不知跑到了哪里,一定也有人跑到了火车上吧。火车飞也似的前进,又似忽然间倒退起来,变入了另一条轨道,轨道交织着伸缩变幻,咔嗒,咔嗒,与那灯火无尽的都市永远相离。

后来史

北京人的梦和我的不一样。他说他梦到了大剩人，大剩人掏出钱包，拦下小推车买了一罐啤酒，一包松子，松子都是瘪的，啤酒倒还冰凉。车厢广播里不时有个声音传出来，祝他们旅途愉快。火车经过一片平原，远处是森林，和一层层的梯田，最上头有些人影，徒劳地一直在往这边挥手，不肯放下来，像一群没赶上火车的人，只能爬到梯田上兴叹。北京人一想起北京，就有点害怕，怕北京变得让他认不出来了，已经不是那个他认识的北京了，回到北京，他认识的人都不见了，不知去了哪里，或者发达了，高不可攀，和他不可同日而语。他看着北京，却不认识北京，北京也看着他，也不认识他。而他就好像那个砍柴人，只是出门迷了个路，连神仙的毛都没碰到，就发生了这么多与他无关的事。他还穿着离开北京时的衣服，那种衣服已经绝迹了，是很多年以前的北京人才穿的，现在连外地人都不穿了。所以他在所有人面前都像一个永远的年轻人，他们向他投来好奇、蔑视的眼光,偶尔也有欢迎光临的,还配着音,但那只是一些饭馆服务员貌似真诚地发出的四字真言。

我就问他,那大剩人呢?

他说,丫挺的,一下车就消失了,茫茫人海,夹个小包,奔着一道金光而去。

老方丈策杖徐来,仿佛一切尽在掌握。他倚着禅杖反问我:最近怎么样?

我受宠若惊但还镇定:一般吧。方丈你看这地扫得还行?

他:那太行了。一片叶子也不见在地上,是清净地。

说着倚杖看了三百六十度,摸着下巴又问,你有钱么?

我:方丈你要多少?

他:哎,我不要你的钱。我要钱干啥。我是说你下山后,盘缠够不够?

我:我要下山?

他:终有一别。

我:可我的地还没扫完呢。

他：地哪有扫完的。叶子天天落的嘛。

我：方丈，难道这就是最后一集了？

他掐指算算：唔，这是前情提要，啊不，是精彩预告。下一集吧，下一集就妥了。

我：就是说，我要领盒饭了？

他：什么盒饭，你以为请你来拍电视剧？这是比喻、方便，你新来的？法尚应舍，何况方便？哎，你去哪……

我：去厕所！

那天我在阅览室写小说，刘大管教过来了，在四大管教当中，刘大管教是个老好人，所以我也没有紧张。他说007，你还在写小说啊，写这么厚了？我站起来说报告，我就是瞎写。他说我瞅瞅，拿起活页夹子翻了翻，一边翻一边说，上次你们搞的那个小话剧不错嘛，效果还挺好，都不是演员，没想到还有点文艺细胞。砍柴迷路……有意思，说说，你是怎么知道大相国寺的？

我说，报告，其实我也不知道，不过我有个同学，听说他出家就在大相国寺。

他说哦，这样啊，我一看大相国寺嘛，太熟悉了，我家以前就在那边,开封南门自由路西段,里边可真是大,藏经楼,大雄宝殿,还有整根大银杏雕的四面千手千眼观音,全身贴金,还有口大钟,一万多斤,撞上一下,能响好半天。哦,那个老方丈也很传神,话多得很。

我说报告,我这个大相国寺是虚构的,可能与事实不符。

他说是啊,创作自由,允许虚构,只要是来源于生活就行。你们的小话剧就很贴近生活嘛,尤其你演的那个大剩人,演出了迷途知返的迫切心情……说着说着不翻了,停住问,凌波微步?世界末日?无人驾驶?还有穿墙术?这个第二号人物是谁?

我说,也是虚构的,我就是写着玩,有空就写点。他皱皱眉头说,写着玩的?我说报告,要是违反规定我就不写了。他摆摆手把夹子丢回桌上说别老报告报告的,报告一次就行了……你写你的,啊,写作又不是打架,还是有利于改造的。不过要多写积极正面的,正能量嘛。这个第二号人物……是不是有点那个?

我说有点哪个?您给说说,我可以改。他又拿起来翻着,说要不还是我先看一下吧,这个那个的,看了再说。

我说对,您给把把关。他说把什么把,我就看看,过一会儿找你。

过了一会儿,他把我叫去,我还是头回进这间办公室,他桌子上压着一块大玻璃,玻璃底下压着好多照片,同事朋友同学聚会天南海北,还有他小孩的照片,装在一个塑料小镜架里立在桌上,我一进去,他就下意识地把镜架挪了一下挪到我看不到的角度,然后在活页夹子上轮流敲着食指和中指,沉吟道,我看了,倒也没有什么,就是这个第二号人物……

我说要不把他删了吧!

他说,不忙,听我说,我问你,你们号里那个002,听说平时跟你走得比较近?

我看着他身后的"坦白从宽"四字真言说:报告,走得不近。他不爱说话,跟我也就说过一次话。

他:他的情况你一无所知?

我:那也不是。他本来是个有头有脸的人,受过高等教育,还是个围棋六段,喜欢收藏,后来因为买卖文物进来的,也是有人要害他,判得挺重。他上次和王二一起逃跑,王二被击毙,单把他捉了回来,据说王二抢走的赃物就只有他知道藏在哪儿,所以……我也都是听说的。

他:你给我写小说呢?基度山伯爵是吧,连城诀是吧,我都看过。还有新鲜的吗?

我:传来传去的,我也不信……也许多少有那么点蛛丝马迹吧。

他:我问的就是蛛丝马迹。他这次逃跑,挖了那么长的地道,你们就一点没发觉?

我:您怀疑我?天打五雷轰,我可没帮他。

他:我不是怀疑你,也不是不怀疑。大胆假设,小心求证嘛。你写的这个第二号……不就挺像002么。

我:虚构虚构,就借用了一点音容笑貌。

他:你再想想,他可能去了什么地方?

我突然灵机一动,说,很可能他是扒火车离开的,但火车一换轨道,就不知上哪儿去了。他经常说,离开最好的方式就是最快的方式。

他:等于没说……看来你还是知道一些嘛。你还知道给他打掩护了。我把话放这儿,活要见人,死要见尸,跑到天涯海角去,还得回到这里来。我可不是跟你在这儿写小说,这次抓回来,要再加刑,知道是什么后果吗?

用你们的话说，就是没有最后一集了！

他声调陡然变高，一根手指重重地立在活页夹子上噼啪乱点，劲道之大，连他小孩的相框都震倒了，吓得我马上使出一招凌波……一想不对，又赶紧站好。

他：哦，我之所以跟你说这些，其实是有好消息，你也快减刑了，名单已经下来了。小说不错，啊，好好写，把夹子收起来。不过，还是不要叫第二号人物了，叫个什么呢……嗯，都不好，要不，干脆就叫002，你看如何？

我说报告，我觉得改得很好。特别棒。

他：不会是言不由衷吧。

我：是真的，这一改让我茅塞顿开，真是神笔马良，哦不神来之笔！

他说行了，放风时间到了，你也去吧。哎，回来回来，怎么我听说，上次演话剧的时候，你跟小北京从外边搞了瓶啤酒？你本事挺大呀？监规第二十二条忘了？

我说报告管教，我得辟个谣，小北京就爱吹牛，他要说我给他搞来一列火车，也能说得跟真的一样。那就是个道具，不是瓶装的，是个空的啤酒罐。不过，啤酒虽小，确实影响不好。

他说,行我知道了。下不为例。

我戴上帽子,向后转,走出去带上门,来到院子里,大家都在放风,打球,见到我,都管我叫大剩人,哎,大剩人来了? 大剩人还剩几集了? 我也笑笑。小北京拦住我问,你给我搞的啤酒呢? 我说,什么啤酒? 哦,那不是演戏么,戏能当真么,当真你就输了。他说,排练半天,合着哥们儿陪你白玩啊。我拍拍他说,不白玩,你不也梦到了啤酒饮料矿泉水,你还梦到了北京。他说,唉,梦里不知身是客啊。我说,对呀,不管怎么说,这就是个好的开始,想开点,等机会,下次吧,我再写个剧本,让你喝上这瓶啤酒。北京牌,冰镇的。说完就凌波微步,加入人群,起身单手抢到一个篮板,晃过两人,奋力一投,尘土里,临时分成两拨的我那一拨人哦哦几声,打出几个不够确定的V字手势,他们也明白这不是比赛,也还远远谈不上胜利,用不着真的激动。

如履深渊

002死了。他并不是非死不可。在这个故事里本来没人会死。这里面的人最多只是离开，就像夜晚离开早晨，船只离开码头，犯人离开监狱，我也从梦中离开，刚扫了几下地，才发现002已经离开。离开是割爱慧刀，离开是疗痴良药，离开不是跨着摩托车在马路上飞奔，在大相国寺那边，也没有这种可以离开的马路，否则我早就离开了。离开不是那种意思。我以为离开，就是为了不再离开，也不再到来。或者像002那样，从到来的每一个地方离开。当然，老方丈从不需要离开，这也很棒，他就在这里迎来送往，谁该下山，他就发出通知，谁要继续修炼，就给他一把扫帚，或一个舂米棒。他问我离开后打算干嘛，我说，可能也就是找一份平淡的工作，比如，回到小镇上，干一份邮急便的差事，骑上电动车，袋子里驮着每一份报纸或快餐，无论何处，总是有人在等我，然后我就出现在他们面前，然后我就离开。他靠在禅杖上，听得认真，一笑，我还以为他要跟我说加油，他却从怀里掏出一张纸,说,看看。

这是一张通缉令。不知谁贴在了大相国寺门口。照片上的人面色苍白,背景模糊,我却也认得,正是002本人。老方丈说,没想到吧,他竟是个逃犯,一直就逃在我们身边。现在事发了,我想他是真的不会再回来了。你若下山见到他,劝劝他弃暗投明,啊不,投案自首,即刻放下,回头是岸啊。

我说,我怎么会见到他?我又跟他不熟。

他说,你跟他不熟,为何要给大门的门轴上油?

我说,上油?

他说,上了油,大门就不会响了,他出走就无声无息,你不用说,我知道,这是无稽之谈,但有人不信哪。所以,等这场雨停了,你还是快快下山去吧,人多嘴杂,倒不是我不想留你。

我说,原来如此,多谢方丈周全。

他说,哎,好说。开饭了,你去吧。

在大相国寺那边,人人都不相信002会死。包括老方丈。当初正是他把002的名字改成了第二号人物,他说，002，怪哉，像个犯人，还是按资历来，不如就叫第二号人物嘛。老方丈经常举重若轻，给人改名也是如烹小鲜，收放自如，但我们私下里还是叫他002。002待人亲切，其实内心高傲，整日以拾破烂为乐事，现在想来，也是漆身吞炭、隐迹韬晦的意思。他会下棋，老方丈也会下棋，两个人棋逢对手，不问输赢，以有差别而生万法，乐此不疲。前一阵子下棋的老方丈和002还上过电视，被拍成了新闻，那位地方台播音员还加上了一段解说词，全文如下：大相国寺管理处为了丰富僧众的业余文化生活，下大力气整修园林，增置文体用品，在修行之余，师徒们拔河跳绳，健身对弈，形成了一道亮丽的风景线。我们看了都笑而不语，这也是一种修行，叫做世间法。亮丽的风景线这东西，我以前还真没见过，但看着老方丈和002不为所动，专心下棋，又似乎若有所悟。他们今天下的往往都是昨天没有下完的棋，就像电视新闻，今天报的大多也是昨天报过的消息，天天以此类推，竟也如下棋撞钟般日新月异。这不是亮丽的风景线是什么。这么多年过去了，石桌上摆的好像还是那盘棋，老方丈坐这头，另一头却已空空如也，只剩一条破毛巾，搭在椅背上。秋园荒秽，蝉蛙唱晚，好半天，老方丈才抬起头来，缓缓地走出一步妙棋。

002的死讯传来，我正站在四大天王那边帮着收票，维持秩序，抬头正是竹林浩荡，一山接着一山摇头叹息而去，大门洞开，游人如织，纷至沓来，排骨五花，势不可挡，势不可挡我也懒得挡，这个消息就夹在人群中混了进来。这个消息不是一个消息，而是好多个消息，像好多个泡泡变灭汇总，聚成了一个泡泡。最后还是老方丈把泡泡捅破了，他丢下那张通缉令，上面002的头像正是从他们下棋的电视画面上截取的，在影视作品里也经常有这样的片段，机智的警察无意间一眼瞥过电视，突然叫道，停，停！往回倒到某分某秒，放大，停——他就是我们要找的人，那个连环杀手！他竟然躲在这种地方。当然影视作品无一例外也是取材于现实生活，看来上过电视之后，002已嗅到一丝不妙，不止是一丝，是一条长长的一直绵延在身后的线，这条线他以为早已切断，在一年中十二次离开与归来的路上，不会有人再认出他，叫住他，或盯着他，谁都会以为这是个衣衫敝旧，心如死灰，到处搜寻着那些在世上价值耗尽的东西，自己在世上的价值也和他要找的东西一样的人。但其实这条线并不是一条线，它只是一张网当中的一根而已，谁知道那些断掉的线什么时间已悄然接好，缀网劳蛛，隐身在侧。

隔天，一起去002的房中清理物品，那房子还是我们修的，再也不会漏进一滴雨。东西不多，一张凉席，一只钵盂，被子枕头，一块松香，一把破二胡，一顶安全帽，还有墙上贴的一张变形金刚，一张霹雳娇娃，都被众人分了留做纪念，我就拿了那块松香。后来拿二胡的人见二胡拉不响，也一并让给了我。剩下些破烂，分门别类，可降解的和可降解的在一起，不可降解的和不可降解的在一起，实在不知道可不可以降解的，就装在一只大纸箱里，堆在五百罗汉堂那抱老松树下，等哪天一把火烧了，也算是一种超度。

后来，大家都很平静，饭堂里002的座位空着，我也和大家一样，看着空白的座位，有点不适应，但也不是很不适应，就是觉得不够完美，好像少了点什么。然而什么是完美，什么是重要，什么是必须，什么是空白，什么是离开，在大相国寺那边，你最好都不要打听，也没有人会回答你,借用一句围棋术语,这都是些你死我活的问题,因为你是你我是我,因为这时对那时错嘛。食时,老方丈捻珠默念已毕,庄严地一声咳嗽,于是大家都拿起筷子各干各的,晚饭是木薯稠粥,腌萝卜条和水煮菜心,嚼萝卜条的声音,拱粥的声音,吃着吃着,嚼青菜的声音当中,好像多了点什么,所有的声音为此停留了一秒钟,但马上又接着响起来。吃完洗碗,洗脚,躺下,扯过被子盖到胸口,舒服得不想再动,梦就像一个巴掌轻轻扇在脸上,我还想客气一下,却被不由分说扇了过去。

002是被一列飞驰的火车撞飞的,但是已经找不到那趟火车了。它可能并到了别的轨道上,又并到了更多的轨道上,也可能又并了回来,并且又一次开过去了。现场解封后,除了满地破烂,什么也没留下,入夜,有几个拾荒人偷偷摸摸进玉米地,发了一笔小财。有人说,他那天下山后,浑然不觉进入了追捕者的视线,他们十分小心,利用各种掩护向他靠近,终于在一个铁路道口前后围堵,正待收网,一列火车飞驰而来,对面又有一列火车飞驰而来,两车交会,破烂翻飞,不管逃亡者企图攀上哪一边开来的列车，都没有成功，也不算不成功，他的一半身体被这列火车带走了，另一半则去了不同的方向。追捕者拖着疲惫的身体回到办公室，打开一包方便面，摇摇暖壶，倒入最后几股温开水，坐下开始写报告，这不是一次成功的追捕，但也可以结案了，从哪里开始写起呢？尊敬的领导……也有人说，太悬乎了，一点可供研究的碎片或血迹也没有么，总不能荡为灰烬啊。有人说，这叫金蝉脱壳，是真的离开，从此在另一个地方隐入人海，垂钓江湖了。又有人说，不对，断为两截的尸体后来找到了，一半在葱省，一半在醋省，据县上收废旧医疗器材的老陕讲，他去医院收针管，溜进地下室想偷点死人的东西，正看到入殓师把两截尸身缝合起来，推进冰柜。可第二天，省里的验尸官赶到时，冰柜里拉出来的却是个两截拼成的充气娃娃。查交费记录，是个女的，调出监控看，一身黑，N95口罩，巴拿马草帽，开一辆风尘仆仆的越野路虎，车牌上全是泥巴。泡泡继续漫延，我也听之任之，又有人说，你们都听谁编的，没那么复杂，002只是被撞成重伤，滚下火车，送进一家私人诊所，几度垂危，大夫只好下一服五毒俱全的猛药，算他命大，三天之后，竟复活了，那路虎还是糊着泥巴来接了他，驾驶员巴拿马草帽，N95口罩，像个大幽灵，卖灌饼的山西老张看了眼车牌，粤字头，中间看不清，后边甩下好几个8，一直往南去了。这一下弄得大家都有些遐想，不时有人刷新说，有游客在南方花展游车河时看见了他，在一辆五彩缤纷的花车上，音容笑貌一如平生，面白无须，微笑而立，一手握拳，另一只手上就多了，说什么的都有，有说是拂尘，有说钉耙，还有黄玫瑰、麦穗、火把、水晶球、龙舌兰、洛阳铲、大声公、带电粒子、四羊方樽，我说，诸位莫吵，方丈传语，以手拟拳，不作拳用时，更道！他们就一挥袖子，或大喝一声，或用力点三下头，或把鞋脱了顶起，一脚踏倒马扎冲出门去，机锋之下，我也若有所悟，哦一声或是不哦，低头顺便拾到一些零钱。

　　有人幻想再见002，也有人跑来质疑002，拉着我问，002藏到哪儿去了，你老实交待。我说，你是哪根葱？他说，我是新来的。我说，你知道我是谁？他说，你不是扫地的嘛。我说，002是谁？他说，是个逃犯。我说，这是什么地方？他说，大相国寺啊。我说，你来这里干什么？他说，我是看破红尘才来的。我说，你看破红尘了？他说，我看破了。

我就举起扫把说，你看这个破不破？

他说，破。

我说，哎呀，原来是你，恭喜你答对了，早上老方丈就说，让我在这儿等一个看破红尘的，说是我的接班人，我还不信，现在信了，欢迎啊。接着吧。

他一接住扫把我就放开了，说时迟那时快，就像一个程序，中间都没有起承转合，就是这么直着接过去的。原来这就叫直接。我走得也很直接。他原地一蹦喊着，这人，你莫不是在消遣我？我回头嘿嘿说，你对！

大相国寺那边，新来的都是这种人。一开饭食堂里热气腾腾，吃嘴声汹涌澎湃，瞎行者听了就打着快板说，人也多嘴也杂，我得戴个口罩！以后他就一直戴口罩。

瞎行者戴上口罩还挺像个大夫。本来我早把他忘了，但一下想起来，不禁也在百忙中一笑。瞎行者是大相国寺收橘子那天来的，他一进来就撞在钟上，当的一声，吓了大家一跳，只见他不慌不忙，循着钟声侧步绕回正道，两片墨镜左右看看,露出渴望的微笑,伸脖说:有人吗?给碗水喝!

那天瞎行者吃了好多橘子,身边堆成一座橘皮小山。好多蚂蚁爬上小山,掉进橘皮重叠的深渊。像瞎行者这样的行人,大相国寺每年都会来几拨,来来去去,谁也不会在意。他也不全瞎,据他讲,能看到一点天光,能看到山,楼,车,狗,移动的人形,地上的大坑,但都有点失焦。他说,这就够了,看那么清楚干嘛,色不异空么。哎,我看你倒是个明眼人,跟谁学的二胡?学费白交了。我老实说,没学过。他说,那还是别学了,我从前学过,天天挨揍,一个把位不准,板条打到指关节,师父说,叫得越惨,日后越把得准,听,一个把位一声惨叫,一个把位一声惨叫哟。我便请他演奏一曲。他说,我从不拉二胡。我的二胡拉得是最好的。你听了,你就不想拉了。

我怀疑他是瞎扯。不过听他瞎扯,常常会忘了什么又不是瞎扯。他蹲在我旁边,像两个蹲坑的人在聊天,津津有味,聊完连裤子也不用提,各自奔向禅房与客舍。他走路很快,要不也不会撞到钟上,为了抵消这种危险,他往往走曲线,结果还是撞到钟上。不过他说反正钟就是用来撞的，总比落入水井好得多。他说，瞎也是一种难得，我难得看见一点世界，这里一点，那里一点，倒也看了很多，这个世界比全都看见好。以前不瞎的时候，其实好多东西都看不见，瞎了以后才发现，原来周围还有这么多东西，这个和那个中间还有个别的，当别的是这个，那个就又成了别的。当然这也不重要，我瞎说，你瞎听。其实很多人都是睁眼瞎，看见的就跟看不见一样，什么叫看见，就是瞎看。你别笑，瞎子什么都不信，在瞎子面前，所有的东西都是固定的和移动的。瞧着吧，等你也瞎了你就知道了。瞎行者露齿一笑，他的墨镜很久没擦了，当然也用不着擦，上面全是雨和雪，风和土，寒潭与落雁，墙壁和沟渠，白眼与唾沫星，还有一道裂缝斜贯着，世界就从其中依稀涌入。也不知他现在走到了哪里，打完快板有没有一碗水喝，我还挺为他操心的，尽管他没那么重要，在这个故事里，他只是一个行人，一闪而逝，但越是不重要的人反而会翻进你脑海深处，也不知在其中都经历了什么，再翻出来时，连每一句话朝哪个方向说的都历历在目。

  没戴口罩的瞎行者总是有点健忘。做客这几天，他像个记者,跟每个人聊天,问所有人问题,今天问了告诉他,明天还问。问老方丈:你就是老方丈?问我:你有何感想?问四大天王:厕所在哪头?啥时开饭?哎,你别走,今天天气怎么样?老方丈被他弄得没有办法,一见他就四下找棵树,三绕两绕走掉,瞎行者就站在树跟前甩起快板道:都说大相国寺好,厕所数钱戴口罩,板子打到瞌睡人,隔山相见靠穿墙?修理房屋不漏雨,砍柴须知有十条?下棋不算不重要,还有比下棋更不重要的?哎,我只会下盲棋,让你先走……良久,他默默地转回身对着一个倒地的扫帚说,我输了,看这个棋路,如履深渊哪。

如履深渊这件事其实天天都在发生,瞎行者走平地如履深渊,但仍然难免撞到钟上,钟声回荡,世界悬空,枝叶无中生有,人人脚步倒挂,山顶连绵垂危,厕所向上飘去,挡板空自开合,这些也无所谓。因为其实并没有深渊而只有如履深渊,我们每天一出门就从一层深渊落入了下一层深渊,每一层都叫大相国寺,你走出大相国寺,就如进入大相国寺,离开大相国寺,也是回到大相国寺,如来如去,所以瞎行者转脸忘了所有,也许他是对的。

机锋阵阵，无关痛痒，金缕玉衣，臭不可闻。每天早起穿上鞋都要想想，昨日如履深渊，明日也如履深渊，深渊就在鞋底，鞋底上粘着米粒、毛发、人渣、烟屁、沙粒、蚂蚁、草籽、黄泥、花粉、蝇头、菜叶、痰迹、回声、倒影、蛛丝、蝉翼，还有一小块橘子皮，每个人的深渊都若相仿佛而有所不同，表明他们去了相同与不同的地方，在你的深渊里，还有别人的深渊，渊渊相抱，不绝如缕。瞎行者走的那天，也不知他要上哪里去，落叶满空山，我们给他烙了饼挂在包裹上，饼上沾着芝麻，他把口罩默默地拉到下巴，一个指头两个指头地数着饼，摸摸索索芝麻掉了一地。后来我们有时候在别人走过的深渊里跌跤，忽然就贴地飘出几微尘的香油味儿，微尘里远远有个微观的瞎行者，细腰窄背，眼大无神，扶杖疾走，还扛着半个芝麻，抖抖索索一头钻进深渊里。深渊里芝麻开门，还有无数的瞎行者扛着各种东西或是不扛，挤来撞去，扯线搭桥，拉拉杂杂奔往下一层深渊。

现在我不用扫地了，老方丈说得对，地是扫不完的，叶子该落也还要落。我在为下山做准备，每天穿鞋下地，小便，洗脸，用去了皮的树枝刷牙，把毛巾往头上一顶，就去淘米抱柴拉风箱,等在钟声响起之前,熬一大锅粥,再盛满一盆咸菜,腌菜缸里幽幽的尽是回声,回声如梦,我搅动腌菜,让最下边的梦浮上来,把上边的梦搅下去,我有一个梦,哦,我还有一个梦,菜醒了,粥滚了,时间到了,馒头在蒸笼里脸蛋贴着脸蛋变成一群胖子,拉完风箱,我就关上风箱。

再见大剩人

大相国寺有五百罗汉。大相国寺有五百精舍。大相国寺有五百种好。大相国寺有五百妙药香花。大相国寺有五百坚兵不动。大相国寺有五百施受攻伐。大相国寺有五百琉璃芙渠。大相国寺有五百蝌蚪如梦。大相国寺有五百个蚂蚁洞。五百个黄昏和五百个早晨绵绵不绝移形换影，五百个蚂蚁洞就像五百个路痴闯迷宫，每一个都独一无二，彼彼相望，不知有三，无论四五六七八乃至五百。还有一些废弃的迷宫，出于不为蚂蚁所知的原因，空掉了，渐渐残缺冒顶透水塌方此路不通，却也能另辟蹊径叠屋架床极尽曲折上下左右历遍深险，之后便豁然开阔四面剖光堆积如山虫尸豆粒腐米陈皮，发芽的草籽默默向上钻透洞壁，不足为外人道也。

不足为外人道也，我没什么穿墙术，没有就是没有，即使有也不重要，何况没有。在大相国寺那边，我只知道最不重要的是什么，永远别去打听。因为所以难道如此？还是真是就是不是？我会不会怀念这里，没想过，可能吧,可能我会在这儿留下点什么,比如一个影子,当我于晨光熹微时把半夜被人抢走的被子扯回来,折成对折,再叠出一道道直线和横线,边叠边忘,忘而复叠,怎么也叠不好,这时有个影子在旁边说拉倒吧差不多得了,大相国寺有五百种叠被子的方法你都要试试吗?我也不理,一低头啪的一下无声胜有声连他也叠进被子里,往大炕看不见的深处款款丢去。

我可能失去的东西还会多一些,多一些还会再多一些。不过我不在乎。我会再存些钱,在大相国寺那边,钱是很重要的东西,但也不是最重要的,你有了钱,就去厕所数数呗,情况再复杂,只要挡板还在,你就可以安心地数钱。每个早晨,我都会把钱再数一遍,然后等待黄昏快点到来。但白天总是那么长,总是有很多事情要去做,每个人都在做,然后每当钟声再度敲响,大家就会如梦方醒,伸伸懒腰,一个接一个走进我的黄昏里。黄昏不是黄的,它只是一层像微笑一样的东西,我等了一整天,就是在等这样一个微笑,有了它,仿佛怎样离开大相国寺也都不重要了。那只是一个时间问题。

大相国寺果真有五百罗汉?依我看五百也不止。不信你就去数，001，002，003，以至00700……一个不少，他们都蹲在后院一排长长的像火车一样有很多门的密闭的堂子里，五湖四海，三教九流，各逞奇招，俱在定中，非想非非想。当然他们并不一定非要呆在这儿，五百罗汉一起飞走这种事，虽然从来没发生过，但并不代表就不会发生，而是非常有可能发生，也许就在下一秒。也许他们仍然呆在这里就是因为这个不是吗。

狂风暴雨未来时，大家正躺在炕上扯闲篇儿，忽然间门窗大震，瓦片狂掀，屋顶上就像来了一群秦朝的施工队，雨水直灌下来，炕上尽成泽国，我们都群起躲到五百罗汉堂那边，从窗栏杆往里看，罗汉全都在，但没钥匙，进不去。幸好老松树下还有一片空地，我们点燃落下的松枝松果，和002那堆谁知道可以不可以降解的破烂取暖，烤衣服。黑茫茫的雨落在四下，闪电如锯，云层映亮像温暖的芙蓉，听大师兄说，这老松树是一棵复生树，百年前这里是一片松林，百余株野松，掩着一座舍利塔，不知是哪一代高僧的。有一年后院失火，殃及五百罗汉堂，松林被烧得只剩一棵，那塔也倒了，这老松树树皮脱落，枝桠尽失，树心空空，叩之有声，只是不倒。再后来重建五百罗汉堂，谁也没想起那座塔，砖块都被人拾走垫了鸡窝。也不知有没有舍利。等老方丈当家时，大相国寺又绽发了新的生机……当然，这还远远不是一部寺院史，这只是一棵松树史。也就在不知哪年，这老松树竟活了过来，先是冒出绿皮，油油发了新枝，松针萌茸似雀舌，灿灿向春霁，复活的老松树是从原来的树衣中长出来的，是有小鸟蜂蚁传籽布种，或什么别的机缘，就不得而知了。树身现已不止一抱，与百年前世相依为命，结有上好的松香，年年可采。

老松树说完了，满树都是雨声，大师兄又说，信不信由你，只是要我说，这树下不可久留，雷……说话间群雷滚动，地面轰趴，大家脚底都有些麻，赶忙去收衣服，却是晚矣，那火堆被风一刮势头大增，将烤干的衣服一件件都点了，裹起破烂席卷纷飞，散作千点万点乘空漫卷，抛出一颗颗耀眼的松果，还有失火的松子飞烟四坠，焦香扑鼻；旋风中，众火片又聚而为一，抟成火塔，灰烬环舞，鼓焰浮上五百罗汉堂前，众人都抢到高处叫起来，无助地挥手，只见那火塔悬浮，片刻间中心如杵，现金刚相，怒面四张,又化为愁苦欢欣,嗔痴慢疑,悲悯慈怜,宣密雷音,便收起一切表情,倒转火流,过二殿,大殿,藏经楼,远远照亮了四大天王,越山门而不拜,如一只火鸟,在疾风中沉浮飘远,迢递照亮了幽黑的山谷那边。我们都跑到最高处看,可啥也看不到了,闪电收伞,雷声息槌,云中泡影翻滚成鳞,像吞了一口不知可不可降解的什么古怪食物的大鱼,掉头拍尾而去。

大火后的灰烬还在落下,湿湿的,像一个个梦字,一只只横落的眼目,一顶顶华盖,一片片鳞羽,一条条小舟,暂渡来彼。

老方丈也出来了,面如重枣,倒提禅杖,湿身四顾,大家忙扶他回屋,他房里倒没漏雨,漏的是电,只见桌上一台电视机被雷击中,炸裂,屏幕张着嘴,一地碎片。我们给他披上被子,也都湿着身,安慰他,也等着他说点啥。他扶住禅杖,点点头,闭上眼,暂停,又睁开眼,转脸问出三个问题:你怎么在这儿?你怎么也在这儿?你们怎么还在这儿?

天凉了,雨后风中,群鸟迢迢飞过山那边去,山这边成了碎叶搅拌机，好像山林好久都没有理过发了，到处是咔嚓咔嚓的声音。午后阖院静悄悄，大门形同虚设，只有四大天王一动不动，各忙各的，一不留神就有人夹了来时的东西，三步两步跨出门去，连头也不回一下。

我想起我刚来的时候，也是夹着自己的东西，一进门就碰见和他们差不多的一些人正在离开。出入之间，谁也不理我，只有廊前一个扫地的，影子拉得长长的，正在扫被雨水泡烂的叶子。我上去打问，这位……怎么称呼哪？他抖抖扫帚上的汤水，就像没睡醒一样浓浓地说，好久不见，以为你不来了！我说欸？你认识我？他这才抬眼瞪着我说，少来这套，别以为你夹着个东西就算化过装了，也别误会，我倒不是专门在等你，我只是扫地的时候碰见了你。吃了吗？要不要带你先喝碗粥？我就摇了摇头说，这位师兄，我不是来玩的，喝粥倒也不急，我夹着东西或是不夹，这并不重要吧，重要的是什么，你一定比我清楚，我没什么了不起，也没有看破红尘，我到这儿来，也算是碰巧吧，我只是一来就遇上了你在扫地，不就是这样么？他说妈的，说了半天跟我说的一样啊，你是故意的？我说对不起，我真的不是故意的。他说，不过你来了也好,就先帮我扫会儿地吧。我接过扫帚,挥舞起来,就像找到了一份新工作,扫起那些汤汤水水和树叶泥沙,捎带着蚯蚓蝴蝶蜘蛛蚂蚁,我的影子拉得长长的,活像一副也在扫地的样子,把我扫过的地又再扫一遍。那时我一边扫一边四处打看,大相国寺果然名不虚传,不愧是天下第一,无遮大刹,应有尽有,幸福在哪里,还用问么?正在喃喃自语,刚才那个人捂着脑袋又跑回来了,一把夺去扫帚:老方丈来了!说完马上默默做出一副在扫地的样子,在我刚刚扫完的地上扫来扫去。我心想真是有缘,正好见过老方丈,也好把刚才的几句赞叹说给他听。但等来等去,并不见半个影子。那人又说,不来正好,可能是去下棋了,虚惊一场,这样吧,我带你到处看看,看看你是不是能想起点啥?我说,我能想起啥?你把话说明白点?他说,说得太明白,你想啥就不重要了,不过,在大相国寺,你也千万别打听重要的是啥。他这么一说我倒好像真的想起点啥,就问他:哎,你说我是不是在做梦啊?

他说哦,难道你不是在做梦吗?

我说我在做梦,我是谁?

他说,你就是做梦的人呗。

我说,那你又是谁?

他说我是你……

我们就这样边说边比划一同走进大相国寺百花深处,后面两条影子也一擒一纵悄悄地跟过去,跟过去跟过去跟过去跟过去。

永远别想辉煌

永远别想辉煌。
啥?
永远,别想,辉煌。

我弹了弹烟灰,那时我已经离开了大相国寺,我没有带什么东西,只有一个小包,背上一把二胡。这让我看起来像个江湖艺人,也算是一种演员吧。我知道所有属于我的东西都会被别人丢到垃圾堆里,不管能不能降解,那正是它们要去的地方。老方丈对我说,永远别想辉煌。那是他从电视剧里看来的一句话,要不就是综艺节目里有人这么对他说过。经常到处都有人在转发这种话:假如你如何如何,永远别想辉煌。那不是什么威胁,更谈不上忠告,那只是一种口腔和另一种口腔的交叉感染,但在生活中往往也有妙用,比如,当你打上一夜麻将,神经错乱,这时情不自禁点了一炮,对面的人就会啪地把牌推倒,得意地喷出一口烟来,捏过那张牌敲入赢局,同时也把这句话镶在你的脑门上。

但我相信老方丈不是那个意思。反正他说什么都是假名、方便，你也可以理解为在替你除幻。我还感谢了他，就像你在路上感谢一个拦住你训话的交警一样。那不是真的谢谢，也不是真的假装，那是没有谢意时生起的加倍谢意，和装与不装之间流逝的一种反装。我又点上一支烟。我已经一支又一支抽了挺多了。但我不会永远一支支地抽下去，我就是太久没抽烟了，经常忘记了自己在抽烟。我还得考虑一下将来的问题。我曾想找一个邮急便的活计，戴着绿帽子从每一个地方离开，还可以拿它来跟每个人开开玩笑。但现在我没这种心情。我的心情是沉重的。因为有人跟我说我永远别想辉煌，这样就算我不想辉煌也已经晚了，你本来没想，但如果有人跟你说别想，那你到底要不要想一想呢？我弹着烟灰，它们落啊落的落在没吃完的排骨王里。

我想起曾在什么书上看过，从前有一个皇帝，他梦见自己是个乞丐，这乞丐整天都幻想着当皇帝，他渴望住进皇宫里，山珍海味，佳丽如云，一怒千钧，血流漂橹，他越想越得意，这时有人丢给他一个大钱，当的一声，他就醒过来，醒来还在床上到处找那个钱，后来他嘿然一笑，原来自己就是皇帝本人嘛。但有时在金色的午后皇宫里溜弯，侍卫们还看见他不时留意着那些角落，翻开沙发坐垫，拉出黄金小抽屉，摸摸每件金缕玉衣的兜，好像在找什么东西。

还有人跟我讲，他梦见他就要死了，因为他干了一件非死不可的事，比如说，杀了人，杀谁都行，一般跑过来跟我讲这种事的人杀的那个人也就是我。他说，我梦见我杀了你。他握着我的手说，我为啥要杀你啊，咱俩平时不错啊，是反梦吧。我说没事，我也梦见我杀过你。他就说，哦？你用啥杀的我？我想想说，用的是枪吧。他说，那我用的是刀。我说我用的是一把德国造的蓝钢小手枪你呢？他说我用的是我平时用的锈迹斑斑的柴刀你看就是这把。我一见他掏出刀来，吓了一跳，掉头就跑，他就在后边追着喊你跑啥，这只是个梦啊！

我也曾梦到无穷无尽新奇的事，以及现实中难以实现的美妙享受。不过这里就不一一细述了。我的小说还没写完，减刑期却要到了。那天早晨，而不是黄昏，有人打开门对着一屋子人说，007，出来，带好你的东西。于是我环顾四周，如梦方醒，大家也仿佛金榜题名，与有荣焉，纷纷过来摸摸我，碰碰我，拍我一下，沾点喜气，关系好的还说些待从头再聚首的套话。到了签字的地方，刘大管教站在那儿，也好像个悠闲的神仙，一脸松弛不紧绷，让我想起我的一个同学老好人。他把我进来时身上没收的东西归一归划拉到我这边，让我清点，还有一把二胡，一块松香，是002的东西。刘大管教说，你俩关系好，别以为我不知道，这二胡是他的宝贝，既然他死了，也没人要，扔了又可惜，你就拿走吧。我说，他真的死了？他就眨眨眼说，你没听传达？我也不好再多问。见我还紧紧抱着我的活页夹子，他就说，怎么样，小说写没写完啊。我摇摇头。他说那就写嘛，总会写完的，不过写作可就没有减刑这一说了啊，得老老实实把该写的都写出来才算完啊。我说您也是内行嘛。他摇摇头，看着墙上"迷途知返"的四字真言说，说句不该说的，你们一个个都到了最后一集，都出去了，我还得在这儿呆着呢，等我出去，那不知得第几季以后了。我一想还真是，但也不知该怎样安慰他，也许他并不需要安慰，就像那个神仙，永远守在迷途知返的尽头，为人指路，逍遥无期，不也是一种生活嘛。

我把东西收到包里，背了二胡，提着包，揣起松香，我又穿上了我来时的衣服，这件衣服有很多个口袋，曾经很流行，我只穿过几天，就到这儿来把它脱掉了。穿了多年的有我号码的衣服，在眼前被收走了，我曾穿着它在大相国寺和昔日小镇之间来去，穿墙而过，见我所见，一切难忘与不想遇见，现在却又要换上这身陌生的旧衣，回到真实的小镇上，这令我望而却步。在经过的一扇扇窗玻璃中，我看到的也是一个陌生人，他像一个妖怪，面目不清，浑身都是口袋，背上插把二胡，轻飘飘地跟在刘大管教身后，一道道门跨出去，一道道锁落下来，一直走到大门口，门外空空如也，没有人来接我。刘大管教就站在门里说，行啦，就不说再见了，还是那句话，再别回来了，这里也不是什么好地方，每一个在里头呆过的人，我都不想再见到他，你……懂我的意思吗？我说我懂。然后给他微微鞠了一躬，不是因为我懂了他的意思，而是他对我说，你就写嘛写嘛，要写完嘛。这对我才是四字真言。我好像一下知道了怎样去写完它，那就是写嘛写嘛。在所有的四字真言里，没有比它更好的了。

王大老板终于卖出了不只一份排骨王。店里洋溢着人间喜剧和长生不老的气息，电视里两个小白脸在抢一包方便面。一个美女明星甩着波浪长发，一回头说看，头屑全没了。一群鲸鱼冲上海滩自杀。一位大侠边飞边挥手射出一道激光。一对夫妻戴着性爱面具现场互斥负心人。一些清朝人在争风吃醋。一些宋朝人在大碗喝酒。一架飞机坠毁在南太平洋无人生还。一位外交官被宣布为不受欢迎的人驱逐出境。一台文艺晚会到此结束。一只小企鹅在白色冰原上鹩之奔奔。一个在逃多年的案犯被抓获，他说，"你们终于来了，可算等到这一天了，我再也不用跑了，我总算能好好睡一觉了。"

换台换到这里，我就放下遥控。周围的桌子上，一份份排骨王正变成累累白骨堆在人们面前，王大老板迎来送往，忙得烟不离嘴，裤子都快掉了。是啊，连我也点了一份排骨王，果然还给我打了个八八折。我想，吃完了再去蒙娜丽莎洗脚房泡个脚，从梦幻中慢慢回到现实，不是也很好吗？外面在下雨，三个疯子只看见两个，他们披着一块塑料布从已经变成彩色的水泥小仙女底下跑到排骨王门口避雨，雨滴像刷子不停地打在塑料布上，那是一块印满了雨伞的塑料布。王大老板一高兴，也抓了几张最破的钱出去丢给两个疯子，让他们快滚。我一眼就看出，他们是好奇与欢迎光临。另一个疯子不知去了何方，刚才黄大律师吃错了药，非要教他骑狗提兔子，结果这个疯子很聪明，加了一把油就开走了，连头也没回。也许，他在半路上就会与正从县城赶来寻找他的家人相逢或失之交臂。

这里就是小镇。从监狱下山，有班车，下山再下山，不到半日路程，回头已是雨雾萧森，竹林排荡中，仿佛若有山，上山再上山，有个采石厂，山脚一片台地间，就是监狱。山给时常隆隆震响的炸药劈开一面，像穿了个白背心儿，炸药用雷管引爆，十响连发，隔一会儿一响，回声迟重，山下听到往往以为是雷声。每天早晨会有卡车，拉着穿蓝条衣服的罪人，戴着蓝帽，车歪歪地绕过一条黑色的河沟，太阳出来，还没进山，星星正冷，人人都唱着歌，在晨光里止不住牙齿发抖，唱完下车，排队报数，上山去炸石头，砸石头，背石头，把石头碎成石子，把石子磨成粉末,有的人被飞石击中,有的人被石头砸了,有的背着背着石头人就没影了,跑了,当然没人能跑得掉,最后还得回来。有些失踪的,可能在野兽肚子里,或是迷途而不知返,让离开变成了永远。最近雨水连阴,泥石流断了路,连采石厂的电机房都给冲塌了,一大排电矿车从山上像坐滑梯一样溜了下去,灰飞烟灭。所以小北京最近也可以歇歇了,放放风,转转圈,等着排队吃饭,吃完洗碗,唱起一支没有人能听到的歌,要小声地唱,不能给管教听到,不然问题就来了,你唱的是什么歌?没有人能听到你唱给谁听?谁起的头?出列!

当然我又想,也许在山那边,真的有个大相国寺也说不定。那里有飞檐鸱吻,画壁云霓,四大天王,各执一端,山门肃静也油迹如新,有前殿,后殿,廊庑,饭堂,厕所,水井,大炕,历历在目,长松一抱,五百罗汉一个不缺,有老方丈,欢喜地守在电话机旁,空场上,我的师兄们在凌微,舂米,抟土成泥,以筑新墙。在大相国寺那边,墙是一种很重要的东西,重要到了根本无须谈论它,我们平日谈的都是不那么重要的,钱啦,扫地啦,打柴啦,青菜豆腐啦,要是谁过来对你说,喂,我们谈谈墙吧,这墙真白啊，真安全，又真高啊，真坚固啊，墙太重要了你说呢。你就可以白他一眼说，有病吧，谁不知道墙重要，用你来……你是老方丈派来的吧。他说嘘，小点声，我是隐身过来的，只有你能看见我。我说真的吗？他说，那还有假。你还不知道吧，有人在练穿墙术。我说穿墙术？一定是聊斋看多了，墙有什么好穿的，穿过去不也是墙，放着大门不走，难道走火入魔了？他哼道，话也不是这么说，人各有志嘛，就有人不按套路出牌，都按套路出牌的话，那还要墙干啥？某种意义上，墙就是用来穿的，只有一样……他看看四周，欲言又止。我说别卖关子了，我知道，只有一样，那就是不可以动私心，穿过墙去偷东西，就不灵了。他笑说，你才是聊斋看多了，我要说的是，穿墙并不难，你也不必太在意，口诀背熟，跑到墙跟前那一秒不要犹豫，也不要减速，要自信，别怕碰得头破血流，一次不行再来一次，说不定哪一次就成了，只有一样，学成之后，什么墙都可以随便穿，只要它有两面，但你永远不会知道墙那边是什么，一旦你知道了，你就已经在墙这边了。

午后,我在小镇上逛了逛,雨小了,路上到处是泥沙,一个瘦小子披件雨衣,挥舞着一根从别人家篱笆上拔出来的木头宝剑,我们小时候打群仗用的也是那种宝剑。我跟在他身后,他路过一个猪圈,这里只有一头猪。他端详了一会儿猪。猪正在雨里吃东西,尽管不一定有东西可吃。它只是在做吃东西这件事。它从泥滓里拔出嘴来,湿漉漉地看着他。瘦小子就唤它:"猪!猪八戒!"

猪甩着耳朵转身靠墙倒下,尾巴满不在乎地扭来扭去。

他又一挥滴水的宝剑:"杀猪!吃肉!过年了!"

猪吓得浑身一哆嗦,但也可能只是应个景,因为它也知道过年还早,就马上又起来去吃东西,这次它寻到个已经啃过一遍的玉米棒子,把它在泥里滚来滚去,舔着残余的苞芯。瘦小子满意地丢下它,继续向前,在他身后,一些鸡鸭从旁边的小邮电所院里走出来,一起右拐,都好像背着手,脚爪带起泥巴,鸭子边走边笑,鸡很严肃。

瘦小子迎面遇到失了坐骑的黄大律师,这是个镇上的贱人,他不叫黄律师,起先人家只管叫他老黄。这才是他的原形。至于他是否真的姓黄，其实也是个问题。但已无法深究了。老黄有时在县城拉活，有时跑集上拉活，主要还是在镇里拉。老黄虽贱，但气势不孬，他车上的迪斯科音乐传得很远，经常放出一串串鬼叫声，呜呜乱转，不知是救火还是杀人了，不过镇上人听到这个都觉得很安全，因为那跟真的杀人放火还是不太一样，一听就能听出来，那就是李鬼和李逵的区别。既然是假的，说明真正的危险还未发生，又是天下太平，和为贵，该干嘛干嘛。老黄马不停蹄地为大家提供的就是这种安全感，也像一道流动的岗哨。每当小镇黑咕隆咚，你又误了末班车，只好沿破烂公路望着远处灯火徒步长行，正不知走到了哪里，这时就听一阵破铜烂铁鬼哭狼嚎声从后方远远追来，扬起滚滚尘土在你面前停住，有如包围圈中千军万马杀到，老黄歪过头喊上火车站走不走？还有大座儿！他是冲我喊的，那次我在小镇错过了时间，大相国寺是回不去了，回去也没意义了，到火车站找张椅子睡一觉，倒是个不错的选择。车上还有一个人，还有一只大大的拉杆箱，她把箱子挪挪，我就在对面坐下，她又挪了挪腿，免得跟我面面相对。没等我问价钱，小得像兔子窝般的车厢又晃动起来，劲爆的音乐又点燃了这段漆黑之路，车内我们两个乘客一起颠着，动次，动次，大次，大次，颠着颠着，终于有几秒颠在了同一个节奏上，有那么几拍子吧，我们就像蹦迪一样一起动着上身，你来我往动次大次动次大次，我想笑，然后就笑了出来，但她却瞪我一眼，扭过头去对着前方。她大概认不出我了，虽然昨天我们还一起蹦过迪，唱过卡拉OK，不是街头那种，是在小镇新开的一家K歌房，我记得，她唱了一支英文歌，那支歌我也会唱，但是太高了唱不上去，她却唱得很轻松，瘦小的身体里仿佛蕴藏着巨大的能量，她的声音很像一个我从前喜欢的歌星，没怎么红过，只出过一张专辑，后来在美墨边境死于一场与警方对峙的枪战，不管对谁说出来的话，这一切都不像真的，那张专辑也被一个朋友弄丢了，再也买不到了，能买到的也不是那一张了，那个朋友后来因为一点破事就自杀了，我连他的名字也没记住。就像什么都没发生，然后就结束了。

在歌厅里，刘丽坐在我旁边，我们不得不大声说话，互相对着耳朵说，她说你觉得她唱得好吗！我说很好啊！她说我觉得特别好！因为她是我最好的朋友，她也考上了北大！我说简直太好了！我能闻到她耳廓边散发的像一层微笑一样的味道，那是只属于我的味道，只有我能闻到，不知她是否也闻到了我的，一时又不说话了，跟着节奏摇晃着身体听歌，两只耳朵相视一笑，莫逆于心，不知是不是这样。但已经无法得知她的感受了。鼓声密集，一支舞曲随着旋转的灯光劲爆开场，她起身把我的手一拉，跟上节奏钻入人群，我尽管不太会，但也摇头摆尾，假装忘我地动了起来，与众生摩肩接踵，口干舌燥，挥汗如雨，眼前什么也看不清，身边一会儿有刘丽，一会儿刘丽不见了，换成了别人，在蓝白交替的频闪灯中，我们像一群结巴的骷髅，舞动残肢，然后是洒出小雨点的摇头灯，瞬间一片黑暗，一场场流星雨贯穿全场，加雾机喷出雾来，五彩灯下光芒万丈，有如仙境，大家仿佛都发出无声的海啸，我的对面变成了那个唱歌女孩，她也在微笑，不过她的微笑与我无关，她跳得不错，只是有点醉了，四面全是人，全都认识，又全都不认识，我看到刘丽和一个不认识的男孩亲密地搂在一起跳着，灯光又反向旋转起来，一种好似摔碎玻璃瓶的节奏此起彼伏，又再加上一根根钢条自空中直贯而落，钉入地底。

回到此刻,蹦迪女孩放松多了,车子开上了大路,有了路灯,进入县城,经过了收费站,一座大桥,一个街心公园,一些闪着红灯紫灯的小酒店,一片没人住的高楼,一道道黑窗洞开,一幢刚开业的黑暗大商场,满地残花,又是十里长街,灯火阑珊,前方遥遥出现了火车站的霓虹光影,像一片绽放而不动的烟花,女孩把双脚动了动,她一直没动,脚一定都麻了。我就说,你这是去北京吗?去上大学?她不置可否地点了点头,这才看我一眼。我就说,让我猜猜,一定是考上北大了。她露出有点惊讶的表情,又点头一笑。我说,我有个朋友,也考上了北大,也坐这趟车去北京。她说,你来送站的么?我说,不用不用,昨天已经送过了,都说过再见了。送君千里,终须一别嘛。她就说,那你来干嘛,还是想见吧。是你对象?我说对,对象对象。你呢,没人送你么?她就笑笑道,也都送过了。不过我路上有伴儿,和我同学一起去北大,还有她男朋友,我们三个人。你真的不去送你对象了?我说,哦,真的不去了吗?她说你问谁啊,问你自己呀。我就笑笑,掏出一个红色的烟盒,其实我知道它已经空了,除了把它捏扁也没别的可能。车子进入滑行阶段,音乐没了,瞬间只听到车子浑身各部零件像在风吹雨打中苦苦哀告,老黄刹住车还说了句废话:火车站到了!

再度回到此刻的此刻,黄大律师急慌慌地,把瘦小子用手一拨,几乎跟我撞个满怀,他也顾不上看我们,歪歪身子,一直往派出所里报案去了。我就对那小子示意地一笑,也转身跟上黄大律师的背影。我还是喜欢这么叫他。究其实,这个名号还是我给他取的,算是个护身符吧。他在集上拉活儿,老被别的司机欺负,有一次他拉过一个律师,外地来的,领带西装手提箱,还夹着个领带夹子,金光闪闪,律师掉了一张名片在他车上,也姓黄,他捡了这张名片,当护身符一样装在绿呢制服口袋里,像一件法律武器,不时拿出来在人前晃晃。制服是集上买的,没几个钱,他老婆原来就在这集上卖衣服,后来跟一个在集上炒流水菜的跑了。他也不去找,还说,这俩货合适了,一个不愁吃,一个不愁穿,天仙配哩。平时听人说闲话,谁家跟谁家起纠纷,争地界,谁要"弄死谁",他就插上一嘴,你可是要打官司?不要动不动就往死弄人,你又不是李小龙,现在都讲法,找黄大律师,凯歌律师事务所,那有名得很!你看这有名片,没看清?再看一遍,还没看清?呀,来活儿了,先走一步!就是这么个黄大律师。我也不知为何后来就在小镇叫开了,可能是心有灵犀吧,有时候你以为有什么是你最早发现的,其实早就被人发现过了也说不定。

　　黄大律师往里走,我也跟着,一个个办公室过去看,有人说,看什么,干嘛的?我说,刚释放,来报到,办身份证。他说证明拿来。看了我的证明,看看我,一指说,那边右拐,找毛副所。走廊里排着长队,是些照身份证照片的,遥遥无期,都在拿着手机点来点去,右拐第一间是个单人小办公室,就看见毛大所长正靠在椅子上,如见故人,背后是文件柜,锦旗,考核标准,一张小床,脸盆毛巾架,旁边站着几个人,都等着办事。毛大所长是副所长,以副代正,也可能有些吃不开,一直扶不了正。黄大律师歪在桌前,窝窝囊囊像一袋绿色长毛的土豆,只听毛大所长说,你吃饱撑的?去招惹一个疯子,你车上那个破警笛取下来没有,早就让你取下来,一个疯子拉着警笛满街跑,你负得了责任?一天到晚给我找事儿,我这儿忙忙的,没空搭理你。你去找小孙做个笔录。黄大律师说还做啥笔录？毛大所长一瞪眼，假发几欲不保：做啥笔录说说你到处卖黄盘说你无照驾驶宰客乱收费，天天叼个烤肠你以为你是丘吉尔？你还敢叫黄大律师，你咋不叫黄药师！算了，你叫啥都是黄的，哪天别犯在我手里，抓你个现形上山背两年石头，就天下太平了！

黄大律师做完笔录，一路翻着白眼出去，经过窗外，看见瘦小子正在拔剑击树，让雨水片片落下，要是平时，他就会再次犯贱，招惹一下这个小混蛋，但今天他没心情，只是像条落水狗一样跛着脚走了过去，满树的雨正好淋了他一身，那瘦小子仗剑而立，只要黄大律师轻举妄动，他就会立马给他一剑。不过他也没有，而是穿过自由市场，直接走进学校去了。

毛大所长接到一个电话。

"喂，找谁？"他把绊在一起的电话线甩甩开。

"说话，你要哪儿！"

"你先说你找谁！"

"我是谁？你管我是谁。你是谁？"

"谁？你再说一遍！"

"什么老方丈！怎么又是你，你别再往来打了啊！"

毛大所长给前边几个处理完事，才看见我，才认出我，他说，是你呀。他接过我的释放证明和手续，还跟我说，回来就好，嗯，减了刑了？是这，你先填个表，回家看看，这头走一下程序，你过几天再来。

我在填表，笔尖刷刷。毛大所长又接到一个电话，他"哦"了一声，手扣住话筒往我这儿看一眼，侧耳听着，摸摸假发，动动印盒，隔一会儿"嗯"上一声，最后说，行，我知道了。他挂电话的声音有点烦躁。我快写完了，正在填家庭住址那一栏。毛大所长点上支烟，低头思索，手指尖掐着桌上的玻璃板一角，玻璃板底下压着他在北京故宫的照片，他在长城的照片，他在天涯海角的照片，还有他在少林寺的照片，以及他和其他人的合影，那是一种连开会带旅游的合影，女的蹲在前排，男的站在后排，就好像他们刚才一起干了什么事情，要纪念一下拍个照，接下来还要一起去干一些什么事情，而实际上他们什么事情也没有干，他们只不过就是开完会照个相。毛大所长的手指越上玻璃板，开始毫无意义地抚摸着故宫，然后是那些蹲在故宫前头的人，然后他摸到了少林寺，也顺便摸了摸长城，等他回来又摸到天涯海角，手指间烟灰已积了长长一截，他想把烟灰缸拿过来接着，让自由落体与平行位移在同一瞬间进入同一个维度，但一切都为时已晚。

小西天

渐渐习惯了身上这件原来的新衣服,我发现它还是那么合身,我拎着包,背着二胡走出来,雨停了,我没有走进自由市场,因为我家早就不在那里了,我当然知道它在哪儿,但我离它越近,仿佛它就离我越远。小镇看起来大兴土木已时过境迁,但万变不离其宗,它仍是个小镇,而不是北京、东京、巴黎或罗马,甚至我过时的衣服也没有成功地引起人们注意。我路过了幼儿园和养老院,儿童乐园再也没有了,幼儿园里有很多新孩子,他们在唱歌跳舞做游戏,我假装看了一会儿,实在看不出什么意思,就走开了。

沿着街道,经过一个破旧的招待所,我发现我有点迷路,招待所前边原来有个很漂亮的花园,现在光秃秃的,两层楼的长长的屋顶塌了一半,再往前,是个露天电影院,后来盖了真正的电影院,现在电影院不见了,建在上面的是一个游乐园,看来小镇忙里偷闲,还发展起了旅游业,各种粗暴的景观突然矗立在灰蒙蒙的天空下,让人猝不及防。大门开处，立着两个褪色的花篮，门头上写着"小西天"，左有火焰山，右边乌鸡国，后边排开是流沙河、黄风洞，还有女儿国和楼兰鬼城，在东土大唐一条街上，几档生意惨淡的商铺半开不开，中间夹一片空地，一位胖胖的老兄正在那儿转来转去默默扫地，他扫地的样子让我不禁会心一笑：这位同行，地可不是这么扫的。我有心教教他，他却边扫边退，冲我而来，还连哼带唱：

前方注意，后方注意，扫地小王子已开启任我行模式，即将为主人清扫客厅，前进十米，后退十米，正在计算清洁范围，本次清洁任务难度为中度，请继续，叮咚，主人很欣慰，请检查地面，即将开始第二遍清洁，注意不要碰到家具，前方无障碍，请后退十米，任我行干得漂亮，进入厨房模式，转身一百八十度，哎呀！

任我行一下撞到我身上，团团转着一红一绿两个灯在头顶乱闪，我伸出手，啪地按下电源开关，好让它闭嘴。这时边上凉伞底下出来一个女的，黑矮短粗，好像宋江，手里捏个红袖标，指着我说，干啥呢干啥呢，你哪来的？我说，就这镇上的，怎么啦。她瞅见我背上的二胡，就哼道，穿成这样，一看就是外地的，什么镇上的。她没好气地又把扫地机器人打开，让它上那边转去，然后一扭头"呸"，特别自然地往地上吐了口痰，顺着痰的方向指指一个红顶小房子说，看表演上那边买票去。我说，什么表演？她撇嘴说啥表演都不知道还本镇的，别在这儿卖唱啊，城管逮着罚款。说完左屁股顶着右屁股生气地走了。

我站在一个写着"大型表演"的牌子前，牌子立在铁皮房门口，窗户里黑洞洞的，啥也看不清。门开着条缝，我刚要推，忽然一阵笑声，哈哈哈哈，出来一个粉面朱唇的唐僧，然后是一个孙悟空，跟在后边耍着棍子，沙和尚叼根烟，头上套只丝袜充作秃顶，假发浮夸，胸前一串骷髅倒挺吓人，最后才是猪八戒，横着看我一眼，很像一个自来熟。我看出来也没有人在卖什么票，就跟上师徒四人，他们走过火焰山，穿过乌鸡国，经过盘丝洞，趟过流沙河，钻进黄风洞，就是女儿国，最后迈过一些建筑垃圾，来到一座破庙前，上面写着"小雷因寺"。我一看，"因"字错了，应该是"音"。但又想，错了其实也就是对了，既是本来颠倒，以对为错，那便无错不对。

大约现在是淡季，没多少游客，破庙前搭了一个舞台，上面横幅贴着几个大字："中百万大奖圆发财美梦"。台上有支小乐队吹拉弹唱自娱自乐，好多人都躲在舞台背后休息，抽烟，有几个露着肚皮的妖精站在吃盒饭，浓妆艳抹，有点吓人。悟空挑衅地对她们闪动火眼金睛，手腕翻转前后甩起棍花如电，妖精们就也不屑地翻个白眼，有的还说声"喊"，就拿着吃光的饭盒走了开去。沙僧挨着长老坐在一块水泥预制板上抽烟，唐僧在说笑话，两个人笑出了同样的表情。八戒拖着钉耙，走到对面卖棉花糖的小车前，那是一种白白的，软软的，转动着一丝丝若有若无的食品，倒也颇有意境。他擎上一大朵棉花糖回来，怀中还揣着两包瓜子，棉花糖在手上如白云凝固，游丝飘动，不知何时掉上去一只蚂蚁，他干着急腾不出手去捉，就眼看着蚂蚁一头扎进白云深处。

演出开始了，报幕的也是个妖精，她驾一阵旋风刮上台来，亮了相，娉娉立定，笑容可掬对着麦克风前稀稀拉拉的观众朗声道：各位领导，各位乡亲，南来北往的贵宾们，参加百万大摸奖的朋友们，大家下午好！西游乐园春光好，高朋满座齐来到，各界人士百忙中，歌舞过后尽抽奖！我谨代表全体演职人员向所有在场的朋友们致以亲切问候！请拿出你们的热情，继续支持我们！谢谢大家！女儿国，情未断，火焰山，把洞钻，西游路上取经难，真假唐僧看不穿，千年白骨成妖孽，盘丝洞里最缠绵！下面请看大型真人魔幻表演——西游幻境！有请我们的豪华阵容，唐僧、孙悟空、猪八戒和沙僧师徒隆重登场！掌声鼓励一下！

没什么掌声，不过气氛热烈，小乐队已经开始演奏了，表演没毛病，也不需要剧情，师徒四人上台，悟空打头，你挑着担，我牵着马，各作赶路状，正在摇头晃脑，对面上来一群女妖，先是跳舞诱惑，接着原形毕露，和师徒四人捉对儿厮杀，高潮中又有一队小妖精，在台前蹦迪助兴，破庙后头，已拉来一车车的冰箱洗衣机，还有好多扫地机器人，都一股脑堆在后台，看来要准备大干一场。观众慢慢聚起来，有的被吸引住了，有的只是观望逗留，台前一股干冰释出，观众都腾云驾雾，下班早的，卖雪糕的，抱小孩的，摇轮椅的，买菜路过的，穿迷彩服的，跳广场舞的，王大老板，两个疯子，还有黄大律师，没了坐骑，却也忘了坐骑，举起烤肠，都来等着抓彩票，连两个疯子也捏着几块破钱,要搏上一搏。这时从后台又上来师徒四人,一样装扮,和前面四人打个照面,各吃一惊,一对对挽了袈裟,舞着钉耙,甩起骷髅,翻着跟斗,演开了真假唐僧。剩下一些等着现原形的妖精,都在舞台边上休息,那方才演女儿国国王的,不住捏起袖子沾着流到额角的汗珠,又小心翼翼地怕弄花了脂粉,也是楚楚可怜。不过我不打算接着看了,精彩表演,不忍直视,百万大奖,与我何干,可能也与在场的每一个人无关,我又想,其实他们也都知道,没有什么百万大奖,永远别想辉煌,能抱一个扫地机器人回家就是最后的胜利,其实也没什么胜利,一开始就失败了,失败就是看不见的胜利,看得见的只是一个扫地机器人,一台洗衣机,一只电熨斗,一袋洗衣粉,一声谢谢惠顾,还有继续努力。想到这儿,我就好像醒了过来,像再一次走出监狱,大家都在我面前欢呼笑闹,彩带飞扬,当然不是为我,我只扯紧肩上的二胡,往外便挤,却冷不丁看到斜对面的人堆里,没多远,三大管教都到齐了,每人夹个小包,穿着普通,顾盼自如,但没有刘。另一边还有几个,站得靠后些,也夹个小包,互相使着眼色。还有毛大所长,换了便装,若有所思,其实多半是在走神。我一下便明白过来,002可能真的是逃掉了,他没有死,他们是跟着我过来的,一路于柳暗花明中绵绵相续,放了一条长线,织起一张因陀罗网,彼彼相照,全息全影,一起走入西游幻境,只等我蓦然回首,那人正在灯火阑珊处……可我必须让他们失望了,电视剧也没有这么拍的,总不能过去跟他们说声辛苦啊别送了请回吧……雨后凉风起,天宇廓清,一个大大的月球正朝我们显出淡影,在台后,一堆演员等着领钱,只见那女儿国国王正领到钱在一边数着,她的每个指甲都是彩色的,每个指甲都不一样,一五、一十、十五、二十,钱不多,还不够把每个指甲都亮出来就数完了,但怎样才算多呢?怎样都不多。她数完把钱一卷捏好,抬眼见我盯着她,便说,看什么,没见过妖精?

我说,没,确实没见过。

她倒笑了,说,你是乐队的?还是来卖唱的?

我说,茫茫人海,我是走错了一条路才走到这儿的。

她哼一声,说这是什么歌词,这么啰嗦,你可不能在这儿卖唱,他们看见会轰你的。快走吧。

她拿出手机对着一辆自行车屁股滴的一声,车锁就开了。我拎包在旁,像看一个奇迹发生。她骑上车子,一身彩装飘飘欲仙,就往月亮那边去了。我打开活页夹子,想也不想抽支笔就飞快地记下:

她滴的一声,自行车就为她而开。我从来没见过这样的妖精,还挺好看的。此地不宜久留,我也得走了。不用回头,他们会跟上我的。我走出女儿国,钻过黄风洞,爬出盘丝洞,趟过流沙河,绕过乌鸡国,跑出火焰山,火焰山上一片月光,但那其实是一片假月光,因为出了火焰山,又有一片天空,才是真的天空,这片天空里还没有月亮,余晖反映,溅起金光,洒满街头的树叶,大门口的商铺终于热闹起来,到处是乱丢的垃圾,幸好还有一条扫帚,扫地机器人却不见踪影,大概被人扛去抽奖了。我不由弯身拾起扫帚扫了几下,这地不难扫,是我扫过的地当中极普通的,我很快扫净了大门口,扫出门去,扫过了马路,扫上马路牙子,扫帚热得停也停不住,就顺势扫过那片破旧的招待所,一直扫到消失的儿童乐园那儿,我就不再扫了,我拄着扫帚,忽听到有人在后边喊我,一看不认识,再看原来是那个妖精,她卸了妆的样子不再吓人,就像个下班回家吃晚饭的普通女孩。我就说,是你啊,你现原形了?

她说,说什么呢,我现什么原形,你怎么跑这儿扫地来了?

我说,你怎么在我后面?

她说,我去卸妆啊。卖唱的,你不是本地人吧?吃饭家伙不要了?

她自行车筐里放着我的二胡,我刚才扫地时故意把它挂在了一辆自行车上。我说,别回头,有人在追我,我扫地是为了金蝉脱壳,化险为夷。

她低头看看说,呀,你流血了?

我一看,握着扫帚的手指甲里扎了一根竹刺,血染红了刺,滴在地上,可能刚才扫得太用力了。我把刺一拔,说没事,一点不疼。

她说,追你的是那帮保安么? 他们很凶的。上车吧,我带你出去。

我说,出去?

她说,你以为这就出来了? 并没有,这一段都归他们管,就等着罚你们这种人的钱呢。

我说,我哪种人?

她说,我怎么知道,看你呆呆的,像个做梦的人,还这副表情,也不知梦见了什么。

我就说,就快醒了,这要是个梦的话,我还挺不愿醒来的。因为醒了就要现出原形了。

她说,你的原形是什么?

我说,你猜?

她笑了:看你这身衣服,倒有点像猪八戒!

我说走,可是往哪里去?

她说,你不是要现原形么,那就去高老庄吧。

我说,你呢,你什么时候现原形?

她看看我身后,说,保安过来了,好像是冲你来的,还不快上来。

坐在妖精身后的车架上,我抱着二胡,挎着包,提着扫帚,也像有三头六臂,风轮滚滚。余晖不再在树叶间闪现,而是换成了路灯,一树明一树暗地退远,月亮好像也出来了,很完整的一个,图影清晰,纯净,我这才想起来,好久我都没有这样毫无遮拦地看过月亮了。她还说,你怎么还拿着扫帚,舍不得丢掉?

我就把扫帚一丢丢到路边,它躺在小镇曾经唯一的柏油马路上,被一片真正的月光透过花荫拖走了。

　　写到这里,活页夹子还剩下一张白纸,我就不再写了,我把它合上,却从里边飞出一张纸片,那是一张通缉令,背面空白处不知何时,写着一段旧文字,它很难插进小说里,但好像又不可割舍,我就把它夹了回去,放在刚写完的那一章后面。

永远别想辉煌补记

也许是春天小镇上的花全都开过了,到处都是忘我的呻吟,唐僧从梦中醒来,要不就是进入了更深的梦,他也呻吟了一声,但他发现自己只是在蒙娜丽莎洗脚房的躺椅上,眼前似乎有一个肩膀仍在旋转,他是被这个肩膀和其他许多肩膀挤进来的。性价比一屁股落在他身旁,和其他女孩一样,她也有一道深深的乳沟,她的假睫毛就像一对翅膀,她把这位客人重新按回椅子上,笑着说,哥你放松点,你好像唐僧呀,放松点嘛,看你这双脚,一定是忙工作忙的,我们这里新上了八十八元的神奇保健套餐,走得特别好,给你打个八折,就试试嘛!

唐僧说,什么宝剑?这么贵?要宰人啊?

性价比说,怎么可能,我们可是正规专业的,都是科学足疗,我们还有一百八十八元的超豪华套餐,特别高档,就是为你这种人士打造的……

唐:哦,我是哪种人士呀?

性价比:这谁不知道,你就是唐僧哥哥啊。

唐：我上你这儿取经来了？我还以为是来洗脚的。

性价比：你们唐僧取经那么辛苦，脚当然要洗一洗了。

唐：那悟空呢？

性价比：他翻跟斗就行了嘛，不用洗。

唐：猪八戒呢？

性价比：他脚臭，不给他洗。

唐：还有一个那个谁……

性价比：哥您八十八元的套餐给您做完了。现在咱们再免费送您一套足底经络按摩，哥您忍着点……

孙悟空走过来了，他挥舞着金箍棒。

猪八戒走过来了，他扛着钉耙。

唐僧骑着白龙马，他面如桃花。

沙和尚挑着担来了，他没有表情。

后面还有董永和七仙女，挥着钣手的工人和戴着纸壳眼镜的知识分子，诸葛亮甩着胡子，关云长玩着大刀，林黛玉含羞看着八戒，后面还有四大美人，十三太保，五鼠闹东京，一百零八……

这是最热闹的一天,最残忍的一天,最漫长也最短暂的一天,最放荡的一天和最令人伤心的一天。表演结束,大家领完钱,坐在一辆放下挡板的卡车后斗上各自吃饭,腿上的高跷垂下来像一排烧火棍。食物是肉夹火烧、超级大饼和各种盒饭,猪八戒摘下猪头,露出一个秃头,用牙咬开火腿肠的外皮,像丘吉尔在啃雪茄,拿掉胡子的诸葛亮咬了一口烤白薯,烫得直叹气,工人和知识分子默默地吃着,如同他们的角色一样无人问津。远处在更热闹的地方,人们都在奋不顾身地往更多的人群里挤,卖彩票的人都快疯了,因为他的鞋子、帽子、眼镜和耳朵都要被挤掉了,大喇叭里就像坐了个无视现实的女人,反复广播着过于热情的声明:请大家保持秩序,排队入场,互相礼让,祝您发财,连连中彩!仿佛为了与这个连愿望也算不上的声音作对,人们已经开始疯狂地互相踩踏,踩着别人的脖子、肩膀和脑袋,滚成一堆肉球,还有人趁乱点燃鞭炮往人群里扔,彩票台总算在最后一分钟被挤塌了,大喇叭、冰箱、洗衣机全倒下来陷入茫茫人头的汪洋大海,好多扫地机器人拼命叫着四处乱钻。这是悲惨的一天,远远看去人群仿佛变成了一个大怪物,它的外部在飞速移动,内部却随时在崩塌,孙悟空刚来得及翻了个跟斗,就被旋风一样的人群抛上了天,林黛玉脖子上挂着沙僧的骷髅头,猪八戒挤丢了耳朵和鼻子,七仙女昏倒在方向盘上,董永伸出胳膊被带走了,只见彩票现场白茫茫一片真干净,除了几百只鞋啥都没剩,唐僧慢慢走过去,捡起一张彩票刮了刮,丢掉,又捡起一张刮刮,又丢掉。

离去歌

当然,我没有忘记我家在哪儿,甚至刚刚进入小镇我就已经对它的方位确定无疑,只是近乡情怯,况且我已不是原来的我。虽然还穿着那时的衣裳,提着那时的提包,但越靠近那条街,我就越像一个陌生人,不过还是有人渐渐认出我了,对我指指点点,有人从窗子上往下看我,街口卖烧鸡的王二哥叼着根烟,一下从铺子里钻出来,拍着我肩膀说,回来了陈平!你小子,胖了啊!哈哈!他转身够到玻璃柜橱里摸了几下摸出一只烧过火的鸡来,包张纸啪的往我手里一塞,说,别客气,吃个鸡吃个鸡!我感激地谢了他,拿着鸡往里走,一个骑自行车的小妹妹看我一眼,本能地害怕起来了,我对她笑笑,她也没理我,从前我还给她买过冰淇凌吃嘛。一个提着菜篮的阿婆倒有点喜出望外,说你妈前天还跟我讲你快回来了,快回家吧……我跨过楼前一摊摊雨水,一辆汽车开过来溅了我一身,我也无所谓,我开车的时候,也这么干过,人总是要自己把所有的事都经历一下的,换着样儿经历吧。那车开了不远却停住了,跳下一个人,他跑过来一把揪住我胳膊说,陈平,怎么是你啊!我也一愣,笑笑说,好久不见!他的手在口袋里捏住了什么东西,掏出来,是盒烟,弹出一支给我,我叹了口气,说今天抽了太多了,不抽了,你怎么在这儿?他说,我怎么不在,我住这儿啊。搬来两年了,还和以前一样,我家在第三排。我说,还开挖掘机呢?他说,早不干了,太熬人。弄辆大车租给别人开了,跑跑货运,我在这边开了个超市。你这有……五年了?我说,六年。他抽着烟低下眼睛,好像也没别的什么话好说了。我就说,你给我留个电话吧,改天找你去。于是他留了电话,两步一回头跟我告了别。当然,我仍然没有来得及跟他讲大相国寺的事儿,老方丈是谁,002如何,无人驾驶以及V字手势,穿墙之路是多么曲折多变,而我既没有两卷兵法传授给他,终于也没有能和他一起抽支烟,人有时就是这么后知后觉,所有你事前想到的其实都不会发生,而情过境迁,就再也来不及。也罢,我把包甩在肩上,一步步上楼,还没到,门就开了,我妈先出来,看着我就像在跟旁边不存在的人说,哎呀,回来了!说着又有些迟疑,说不是通知说明天吗,怎么是今天?我说提前了,提前了。我姐站在门里,我也不晓得跟她说什么好,就叫了一声姐。一进家,那股饭菜的味道竟然被我闻了出来,我说,好香啊。进去一看,我爸有点尴尬地从桌子前头站起身,立刻抓起个烟盒来,捏出一支烟,又捏给我一支,我放下包接了,坐着跟他抽烟,问问身体好不好之类的话。等菜上桌,大家都坐了,倒上酒,我就给他们敬酒,气氛慢慢回复到前度曾见的某个夜晚,我其实吃不下什么,随便吃了点,就放下筷子。我爸说,下步有啥打算?我说,还没想过,慢慢看吧,可能想去北京看看。我妈就叹了口气。我爸说,天天叹气,北京有啥好,去北京能干什么?去不去北京,并不重要,重要的是……但他也想不出来重要的是什么,就一口把杯里的酒喝完,我给他再倒上,他说好了好了我就这杯了,不能喝了,血压高了……说着说着他也叹了口气,竟哭了起来,一边哭一边还像小孩一样流出了鼻涕,擦完又流,我头一回看他哭,有点不知该怎么办,就也擦着眼泪,还有我妈我姐,也都用各自习惯的方式哭着,我呢,边哭边觉得这不太真实,这不太真实,这样哭泣的场面是一个过程,它是客观的,与我们无关的,同时也是如梦的，我们只是不得不经过它，虽然我们在哭，但是只有一半的自己在哭，另一半则无动于衷，或者更加相反，另一半是在笑，是喜，不是悲，喜也不是欢喜，是窃喜，幸灾乐祸，置身事外，看着另一部分在拷打过往的情绪，为了一个已经不存在的过往的理由而边哭边拷打，但没有人会一直哭下去，拷打也总会结束的，会疲倦，会厌倦的。是的，结束之后我们果然又点上了烟，平静地说起狱中的一些细事和善后诸事。然后我帮着洗碗筷，在擦洗厨房灶台的时候，她们都出去了，一边往抹布上挤洗洁精，一边擦着那些并不属于我的污垢，我才真的哭了一会儿，但是那时已经不悲伤了。

去北京之前，我姐有一次悄悄问，你跟刘丽还有联系吗？我说没有啊，她挺好的，不用我惦记。她说你去北京是不是要找她？我说，没有啊，我找她干嘛，我是去找工作。你就管好你自己吧。她说你就是做事太冲动，记住，冲动是魔鬼，想想你怎么出的车祸吧，咱家赔了多少钱，还不吸取教训。我说，这跟刘丽有关系吗？说说我的酒吧吧，现在谁干着呢？她说早拆了，之前是有你一个同学干过一段，后来听说赌钱，欠一屁股债，自杀了，没人接手，后来改了饭店，也不挣钱，现在成了废品收购站。我说，好吧，真可以，可能这才是它本来对的样子。

那是个酸中带甜的傍晚，火车站上空风卷残云，头顶大钟不慌不忙地敲着当，当，当，刚才最后一响之后没有任何人报时来提醒你。我就知道没有。因为当你以为有的时候往往就会没有。不过也没关系了，我离开小镇，坐上火车，下了火车，我也不知道我在这个地方有些什么事情好做，不过我以为，总会有一些不重要的事等着我来做吧。

这是一座现代、喧闹、似曾相识的大城市，我身后是一座威严、雄伟、如雷贯耳的火车站，火车站前有一座威严、雄伟、手伸得老长的雕像，雕像底下全是人，不过也许没有雕像，我忘了，反正全是人，这些人就像被洗得乱七八糟的一副扑克牌，谁跟谁都配不成对儿，然后一个熟悉的身影出现了，婀娜多姿不过分，款步徐行似暂停，芳香脉脉正是她，这芳香似有若无，就像我曾在心底三十层深渊之下再往下沉时有过的那么一触，好极了，我使出透视大法,随后像一枚跳棋一样循步而追,刚觉得眼前一亮,就有好几拨黑影挡过来说,吃饭吧老板,我说不吃。住店吧老板,我说不住。坐车吧老板,我说我不是老板。大宝剑哎帅哥! 我看了他一眼,那家伙像个红桃老Q一样笑着说,大宝剑,有发票! 我心不在焉地说什么大宝剑我要宝剑干嘛,他说需不需要不试试怎么知道呢,只有想不到的没有不需要的。我不笑而笑地看着他笑笑,手伸进口袋,握住一只手拉了出来,那手上还捏着一块松香,那正是我的松香,他就对我笑笑,我把松香从他手里掏出来,他还说,这是啥宝贝? 还粘乎乎的。我对他说,永远别想。他也就转身走开了。看着他的背影,我倒顿生歉意,我说永远别想,其实大可不必,我要有多一点钱,也许真的会买他一把大宝剑,所以永远别想这种话,以后不能随便说。我不是开玩笑,别看我很随便,其实我很认真。我还可以更认真一些,不过那没什么必要。我觉得我应该表现出焦急的一面,不过那也没什么,在这个似曾相识的地方我还得如履深渊。这一次风往这一边而不是那一边吹着,但同样高楼林立,夜长梦多,月球冰凉,摇摇欲坠,我看看表,时间足够用了。我有一块表,这当然不在话下。我也许还有一辆汽车,熟练驾驶,潇洒拐弯,倒车入库,然后换乘玻璃飞机,一片透明飞向外国。但我现在仅仅只是戴着表步行,秒针滴答,仿佛我要去的地方就在前头,我听到一个声音说往前再往前,往右再往左,那是一个阿伯在给人指路,被指路的人却看着我,仿佛那就是我的路。因为在这条路上只有我一个人需要知道去哪儿,其他人不用想都早已知道。人人都有一个地方要去,还有两个人去同一个地方的,一群人一起去的,一个人去好几个地方的,人人与人人约好去各个地方的,在每个瞬间,有到来,必有离开,情况就是这么复杂。当然路上每个人都是寂寞的,与寂寞相随,行人如织,表情众多,纷纷携包踏步走向月球。路两边也是灯红酒绿,花枝招展,只不过树枝上招展的不是花,而是临时停泊的一次性塑料袋,有白的,黑的,绿的,蓝的,红的,黄的,条纹的,斑点的,一有风就到处乱飞,有一些飞得还很好看,绵绵的,空空的,痴痴的,讪讪的,像是凌波微步的另一种玩法,妈的,这让我情何以堪。有一个塑料袋差点飞到我脸上,被我劈手斩于马下,用脚踩踩,里面空空的也没有什么道理。茫然四顾,眼前都是毫无道理走来走去的人,他们寻欢作乐但并无欢乐,纵情声色却也无情,可以出现也可以不出现。但是他们都出现了。当然到处也没有什么美人儿。这还没完,在一个商场底下,更有狂抖扇子的一百个老干妈在洪福齐天的音乐声中摇头摆尾,想到这可能是凌微的又一百种玩法,我不禁悲从中来,不可断绝。

2011.9,第一稿
2014.4,第二稿
2015.1.31,第三稿
2019.4.22,第四稿
2021.8.31,修订第六稿
2021.10.3,终稿

后记

《小雷因寺》是写梦的。行止俱在梦中,一路颠倒妄想,譬如行云,暂据真空,却也来来去去,似有本源。

梦有种种方便,和小说一样,可以为真,或以为假,出梦入梦间,有戚戚焉者,即是小说作者本心。

其实最初是《小雷音寺》,我用钢笔在稿纸上开头,开了十来次,写着写着写成了"因",小雷音寺,已是个假相梗,假相的笔误,又似翻墙而过,一枝红杏去开别样的花。

所以世上并无小雷因寺,世上没有的,小说里可以有。

世上有没有小雷音寺,我不知道,但另一部小说里已经有了,我亦不敢造其次。

小说是一个悬置的世界,如一棵树在时间中悬置,每一片叶子就是它的句子,有眼见的句子、掉落的句子、曾经初发的句子,还有被句子挡住的句子,每一个句子都从第一句出来,第一句若是不死,就还是一句,若是死了,就会结出许多句子在空中,空也不是真空,句子往何处生长,就归向何处,读者作风,可以摇动一树句子,此时句子应该是有声音的。

小说本身其实无须作者多嘴,写完所有,落锁离开,读者自有万能钥匙,愿意怎么进入就怎么进入。作者的优先权是离开。而这正是一部关于离开的小说,离开一个地方,就是从那个地方归来。小说中有很多文字游戏,都应作如是观。

在每个人心中,大概都存着一块荒原,我很喜欢想象这块荒原在不同的人心中的样子,它是用来安放我们彼此的,我的荒原里有你,你的荒原里有我,还有他,所有人,众生,风景,城邑,灾变,一切发生与未知。风雨如晦,荒原不改,因为我们大多数时间都会遗忘彼此,在这些时间里,我们就如同不存在,一动不动,如果偶尔被想起,被想起的就会是在荒原里安放的那个样子,那虽然不是你,但也就是你了。

只有在梦里,我们相会于荒原上,就像我们会忽然间想起某个没什么理由要想到的人,梦也是这样,有无因之因,令人恋恋不去。

不论悲观。悲观也只是一种观。

这小说经过多年断续的补缀而完成,其反射弧之长,就如我对事物的观感,总是姗姗来迟。我每写过一稿,以为它已经落地,但过后却发现,它还可以飞。或者说,它还有不对的地方。或者说,它还在生长。作者对写完的小说,大概都不想再碰它,但小说其实是写不完的,只要有可能,它还是可以变得更像它自己一些。

我的初衷就是想以音乐性的语言,写一个常读常新的小说。我尽量这样去做了,按照自己的语文水平和直觉去写,当然,盲人骑瞎马夜半临深池的状况也不是没有,写小说就是一个迷路和找路的过程,需要一个接一个句子把它释出,像找一个本已具有独存的所在,作者们分头去发现,踏入有它的那一边,你知道你写得还不够好,你知道你还可以写得更好一些,但小说最终还是会落下,带走所有已写出的句子,把你留在没有写出的那一边。

写完一篇小说的人就会最先失去与这个世界的联

系,回看茫茫,条条尽是来路,寻向所志,不能复得,聊为记。

纸上造物

用心，有趣，赏目美

出版，以及一切

纸上的可能

图书在版编目（CIP）数据

小雷因寺 / 张亦霆著. -- 上海：上海文艺出版社,2023
ISBN 978-7-5321-8694-5
Ⅰ.①小… Ⅱ.①张… Ⅲ.①长篇小说－中国－当代
Ⅳ.①I247.5
中国版本图书馆CIP数据核字(2023)第046851号

发 行 人：毕　胜
策　　划：纸上造物
责任编辑：李伟长　张诗扬
装帧设计：此　井

书　　名：小雷因寺
作　　者：张亦霆
出　　版：上海世纪出版集团　　上海文艺出版社
地　　址：上海市闵行区号景路159弄A座2楼　201101
发　　行：上海文艺出版社发行中心
　　　　　上海市闵行区号景路159弄A座2楼206室　201101　www.ewen.co
印　　刷：苏州市越洋印刷有限公司
开　　本：1092×787　1/32
印　　张：7.125
字　　数：108,000
印　　次：2023年4月第1版 2023年4月第1次印刷
ＩＳＢＮ：978-7-5321-8694-5/I.6845
定　　价：68.00元
告　读　者：如发现本书有质量问题请与印刷厂质量科联系　T：0512-68180628